Katja Faßhauer

# Die Trockenbeerenauslese

Diese Sammlung enthält Erzählungen und Kurzprosa, die die Suche des Menschen nach Erfüllung zum Thema haben. Ob ein Photograph an der Liebe zu scheitern droht oder eine Vogelscheuche mit ihrem Beruf hadert: Das Leben stellt seine Fragen immer wieder neu. Ratlosigkeit und Hoffnung liegen dicht beieinander, und eine Antwort kann am Ende wohl nicht gegeben werden.

Katja Faßhauer studierte Soziologie und Theologie. Sie lebt und arbeitet in Frankfurt am Main. Eine weitere Erzählung liegt in der Anthologie *Frankfurter Verkehrsliteratour* des Größenwahn Verlags vor.

Katja Faßhauer

# Die Trockenbeerenauslese

Erzählungen - Kurzprosa

Bibliografische Information der
Deutschen Nationalbibliothek:
Die Deutsche Nationalbibliothek verzeichnet diese
Publikation in der Deutschen Nationalbibliografie,
detaillierte bibliografische Daten sind im Internet über
http://dnb.dnb.de abrufbar.

Herstellung und Verlag:
BoD – Books on Demand, Norderstedt

ISBN: 978-3-749-45146-3

*Stürz dich*
*ins Gravierende*
*Dein ärgster Feind ist nicht der Tod*
Gabriele Scheld

## Lukrezia
Anstelle eines Vorworts

Wie man schreibt? Vor allem natürlich braucht man einen Füller. Und einen Computer. Der ist meine Werkstatt. Dort findet der Teil des Schreibens statt, der harte Arbeit ist: Ordnen, glätten, Fäden verknüpfen, Wörter nachschlagen, Formulierungen etwa siebenunddreißig Mal verwerfen und so weiter und so weiter. Mühselig ist das. Zum Trost umgebe ich mich mit allerlei Postkarten. Bayerische Landschaften sind darauf zu sehen oder Segelschiffe oder Lukrezia Borgia, je nachdem. Damit ich etwas Aufregendes anschauen kann und nicht verzweifle.

Es gibt jedoch noch einen anderen Ort, an dem es weniger streng zugeht. Und viel geheimnisvoller. Den ich betrete, ich weiß nicht wie. Oh, herrlich ist er! Man muss nur auf Reisen gehen, und dann ist schon alles da: Farben, Verwirrungen, Unendlichkeiten.

So etwas zum Beispiel:

Ein sommerheißer Vormittag in Naumburg. Herr Nietzsche sitzt auf dem Holzmarkt, räkelig und auf ungepolstertem Stuhl. Vor einer Minute noch hat er gelesen, doch nun ist ihm das Buch auf den Schoß gesunken. Sein Blick ist zum Pflaster hin gesenkt und geht ins Unendliche. Der Schnauzbart verbirgt kein Lächeln. In unerbittlichem Ernst sitzt Herr Nietzsche und sinnt.

Vor ihm steht, in sehr fordernder Haltung, mit gerecktem Bubikopf und in die schmalen Hüften gestützten Händen, ein Mädchen, vielleicht zwölf oder dreizehn Jahre alt. Mit wachem Gesicht sieht es zu des Denkers Stirn empor. Gerade eben hat es Herrn Nietzsche eine schwierige Frage gestellt. Gleich, wenn er nur ausgesonnen hat, wird er eine alte und große Antwort haben. So hofft das Mädchen.

Aber Herr Nietzsche kommt nicht mehr dazu: Eine Kindergartengruppe erstürmt den Platz. Zwanzig Vierjährige stürzen wie ein Jubel zum Holzmarktbrunnen und sind von ermatteten Erzieherinnen nicht zu halten. Herrlich prasseln funkelnde Fontänen, die Sonne brennt, in einer Rinne im Pflaster plätschert und strömt es zu Füßen des Herrn Nietzsche vorbei. Boote aus Papier, Schachteln und Hüte werden mit Geschrei und Aufwand zur Fahrt eingesetzt. Ach, viele gehen sofort unter, reißend und gefährlich ist die Flut. Einige wenige aber werden getragen und sausen davon. Ein kleines Mädchen rennt ihrem Schiffchen nach, das Kleid tropft, die nackten Sohlen hämmern nasse Abdrücke auf das Pflaster. Ohne stehenbleiben zu können, sieht das Mädchen sich nach diesen Abdrücken um. „Ich mache Spuren", kräht es und jauchzt und rennt, „lauter Spuren!" Meine Augen treffen Herrn Nietzsches entfernten Blick.

Vielleicht, ein wenig, lächelt er doch.

Oder dies: Der trostlos muffige Supermarkt in der Naumburger Salzgasse. Die Sonne ist auf einmal sehr weit weg. Ich treffe eine eingesunkene Greisin. Ihr dunkelbraunrotes Haar schwebt als fadenscheinige Wolke um ihren Schädel. Auf einen Rollator gestützt steht sie gebeugt und lange im Halbdunkel vor dem Süßigkeitsregal. Da sie fast blind ist, lese ich ihr eine Keksschachtel vor: weiche Biskuits mit Schokolade und Orangengeleefüllung. Dreihundert Gramm sind in der Schachtel, für neunundneunzig Cent. „Viel Süßes für so wenig Geld", sagt die Greisin und sieht mich an. Ihre Augen leuchten, wie man es gar nicht ahnen kann. „Ich bin einundneunzig", erzählt sie, „und ich habe nur ein Bein." Sie hebt die graue Polyesterhose über dem linken Knöchel an, darunter sehe ich einen künstlichen Fuß und eine Metallstange. Das ist ihr abhanden gekommenes Bein. „Merkt man gar nicht, oder?" Sie zwinkert mir zu und rollatort mit den Keksen unter dem Arm davon.

Später sehe ich sie vor mir an der Kasse wieder. Mit Mühe unterscheidet sie Münzen. Es dauert lange. „Ich bin gleich weg", sagt sie und lacht. Dann ist sie wirklich fort, und ich trage ihr Bild.

Und das noch, vor allem:

Die Südtreppe zum Ostchor im Dom Peter und Paul. Allerlei Getier strebt den Handlauf hinan, eine köstliche Girlande aus lebendiger Bronze. Ein Pfau gleich am Antritt, vor ihm aufsteigend die Schlange. Fliegen und Bienen auf langgestreckten Zweigen.

Der die Treppe erklimmende Mensch fügt sich staunend ein in diesen Zug der Kreaturen. Wohin nur will das? Immer mehr werden es, alle nach oben hingerichtet wie gezogen: Eine appetitliche Schnepfe, Spinnen, Libellen und Gekreuch, das schiebt sich und wimmelt und fußelt und fliegt. Irgendwo eine Schnecke, rund und hübsch und - man weiß es genau - nicht langsamer als all die anderen. Immer hinauf eilen sie, so heiter, so entzückend, dass schließlich der neugierige Mensch nicht anders kann: Er hebt den Blick, um zu erfahren, nach wem sich all die Hälse und Beinchen und Flügel recken.

Und dort, ganz oben, am Knick zum Podest, erspäht er das Ziel der Prozession: ein bronzenes Mönchlein. Vergnügt schaut es den Tieren entgegen. Drollig von Antlitz und in schludriger Kutte. Übergroß sind seine Hände und in einer stillen Geste erhoben, die das ganze Gewusel unter ihm umfasst. „Ach", ruft der Mensch aus und springt über die letzte Stufe hin auf das Podest, „dass ich das jetzt erst sehe: Da steht ja der Heilige Franziskus und predigt den Tieren auf dem Felde und grüßt sie, als wären sie der Vernunft teilhaftig."

Einen Augenblick lang steht der Mensch zufrieden da.

Dann dämmert ihm, dass dies noch nicht das Ende der Geschichte sein kann. Denn von irgendwoher muss das Mönchlein ja gekommen sein auf seinem Weg zum Treppensturz und den Tieren entgegen. Also schaut der Mensch noch einmal genau hin, und wirklich:

Im oberen Handlauf, im Rücken des Heiligen, findet er wundersame Spuren eingeprägt. Es ist kein gerader Pfad, den sie zeichnen, es sind Sprünge darin und Abwege und einmal sogar eine Umkehr. Vielleicht kein leichter Gang. Jedoch: Die Abdrücke der runden Füßchen sind sehr deutlich zu sehen, jede einzelne Zehe hat sich in die Bronze hineingedrückt. Entzückend und zierlich wie die eines vierjährigen Mädchens.

Wie hübsch dies alles ist! Ich wäre gerne dortgeblieben, aber das geht natürlich nicht. Irgendwann muss ich wieder an meinen Computer und ordnen und glätten und das etymologische Wörterbuch benutzen. Manchmal geht mir dabei durch den Sinn, dass es mit allem eine Bewandtnis haben muss. Einen Herzschlag lang – aber das kann man gar nicht beschreiben. Nicht einmal versuchen darf man das. Gottseidank klingelt das Telefon.

Lukrezia lächelt nachsichtig.

\*\*\*  \*\*\*  \*\*\*

*Do not go gentle into that good night.*
*Old age should burn and rave at close of day.*
*Rage, rage against the dying of the light.*
Dylan Thomas

## Die Trockenbeerenauslese
*Für A.R.*

Im schwankenden Vorraum des ICE ist es eiskalt. Ich sehe auf die Uhr, zum dreißigsten Mal. Die Abfahrt in Freiburg war schon unpünktlich, mittlerweile schleppen wir eine Viertelstunde. Es riecht nach Klo und Maschinenöl. Ich hasse diesen Zug und seine Umständlichkeit. Dass ich überhaupt losgefahren bin. Noch ein paar hundert Meter zum Bahnhof, und wir schleichen, dass man den Verstand verlieren möchte. Metallräder kreischen, Weichen stoßen mich in unfassbare Richtungen. Ja, diese ganze Reise ist eine Zumutung. Bis Hattenheim liegen noch zwei Umstiege vor mir, in Karlsruhe und in Frankfurt. Wie Gebirge und reißende Flüsse. Wieder ein Ruck, ich kralle mich an einen Müllbehälter. *Ladies and Gentlemen, in a few minutes.* Die Durchsage versichert mir, dass mein Anschluss in Karlsruhe erreicht wird.

Immerhin.

Ich erkenne die Stimme des Schaffners wieder. Er klingt so jung. Er könnte mein Enkel sein. *To Frankfurt via Wiesloch-Walldorf.* Ich beuge mich krumm, um durch das Fenster zu sehen. Aber vor den Scheiben ist es bereits dunkel. Schwerer Regen. Keine Spur von einem goldenen Oktober. *Thank you for traveling!*

Ich fahre zu jemandem, der einmal meine große Liebe war.

In Karlsruhe renne ich mir die Seele aus den Stöckelschuhen. Der IC wartet tatsächlich, ist dann aber unerträglich voll. Es ist Sonntag. Die feuchte Menschenenge quält mich. Wie sehr mich alles auf dieser Reise stört. Auch Allens Brief, der in meiner Tasche liegt, stört mich. Ich komme nicht zur Ruhe. Gerne hätte ich einen freien Sitz neben mir. Ein absurder Wunsch. Überall quäkende Kopfhörer, Wurstbrote und gelangweilte Kinder. Ich schwitze. Zweimal gehe ich durch den ganzen Zug. Ein verbissenes drittes Mal.

Hinter Heidelberg schmerzen meine Beine so sehr, dass ich mich schließlich irgendwo niederlasse. In einem schwarzen Fenster spiegelt sich mein fahles Gesicht. Ich sitze da wie Helen Mirren in der New Yorker U-Bahn. Ein paar Reihen vor mir spuckt ein Tablet den Soundtrack eines Actionfilms aus. Schrille Schreie. Schwerter, zerfetzte Leiber und schrecklicher Tod. Ich schiebe die Hand in meine Tasche, bis ich Allens Brief berühre. Ein kurzer Brief. Natürlich muss es ein kurzer Brief sein. Er bricht ein vierzigjähriges Schweigen. Nur die wesentlichen Sätze. Auch dieser: „Denk nicht allzu sehr nach, denn Du musst bald kommen."

Ich wäre lieber nicht gefahren. Dieses „bald" macht mir Angst. Außerdem will ich Allen gar nicht sehen.

Mein Sitznachbar telefoniert in einer Sprache, die ich nicht erkenne. Er schreit. Wenn er nicht schreit, hustet er. Die Verbindung reißt ab, aber das Telefon klingelt sofort wieder. Erneutes Geschrei. Abbruch. Klingeln. So geht es im Minutentakt. Aber er riecht gut.

Allen war der dürre Junge auf der Schulbank neben mir. Der Dunkelhaarige auf den Konfirmationsfotos. Der Ami. Er war immer da. Eltville ist klein, da kennt man sich ein Leben lang. Als wir fünfzehn waren, haben wir uns bei Gewitter an einem Lagerfeuer geküsst. In solchen Augenblicken kommt man der Welt abhanden. Dann waren diese Sommer: Gedichte, Nancy Sinatra aus der Jukebox, Motorradfahrten im Minirock. Allen durchjagte die Kurven über Assmannshausen, als könnten wir fliegen, als wäre die nächste Biegung eine Rampe, und jetzt, jetzt, jetzt würden wir abheben hinauf in die blaue Luft über dem Rhein. Manchmal wurde mir schwindelig, und ich schlug ihn, weil ich es nicht mehr aushielt. Liebe, Wein und Dylan Thomas.

Natürlich war Allen in Frankfurt, als die Kaufhäuser brannten.

Irgendwann waren wir dann einundzwanzig. Ich weiß nicht, was passiert ist. Ich ging nach Freiburg. Ich musste fort. Vielleicht mochte ich es einfach nicht mehr, wenn mir manchmal schwindelig wurde. Ich wollte nicht abhandenkommen. Ich war eben nicht Bettine. Die herrliche Bettine. Die Bildhauerin. Mit der Allen dann bis zu den Sternen flog.

Und nun schreibt er, dass ich mich beeilen soll und er mich leider nicht abholen kann.

Die schaukelnde Fahrt lullt mich allmählich ein. In einem Traum stehe ich mit allzu vielen Koffern auf einem sinkenden Schiff. Das geschieht unter Fanfaren und blendendem Sonnenschein. Plötzlich steht jemand hinter mir und hüllt mich in einen Mantel. Da bricht mir vor Sehnsucht die Seele entzwei.

Ich werde wach, weil der Zug steht. Wie lange schon, kann ich nicht wissen. Wir warten auf freier Strecke wegen einer Vorbeifahrt. Es regnet immer noch oder schon wieder.

Dass Bettine vor einem Jahr gestorben ist, hat mir irgendjemand bei der goldenen Konfirmation erzählt. Irgendein Weib, das Informationen über mich ausschüttete wie einen Kübel Dreck: „Allen ist heute ja gar nicht hier ... schade ... wir hatten uns alle so ... vor allem für dich schade ... Bettine ist gestorben ... das weißt du, gell ... noch keine fünfundsechzig ... stell dir nur ... das Restaurant hat er verkauft ... den Weinberg auch ... das muss man verstehen ... das ist ja jetzt alles ohne Bettine ... wie soll er denn ohne Bettine!"

Als müsste ich wissen, wie es ohne Bettine ist.

Mit einem Knall überholt ein Zug. Die Gleise singen. Mein Sitz wankt wie ein Boot auf kabbeliger See. Das Muster auf der Lehne vor mir zeigt klirrende Halbkreise. Magenta auf Türkis. Augenblicke lang ist mir so übel, dass ich aufstehen muss. Ich suche den Schaffner, der diesmal eine Frau ist. Fast zwanzig Minuten Verspätung, erklärt sie mir, da werde der Anschluss sicher nicht warten.

Trotzdem renne ich auch in Frankfurt wieder. Und vorerst hat meine Eile etwas Berauschendes. Ich fließe durch Menschen und Rollkoffer. Dann sehe ich ein Gesicht: Eine schmale Gestalt, ein Mann mit schwarzen Augen. Es kommt mir vor, als schaue er mich an. Aber es ist natürlich nicht Allen. Ich versuche zu lachen. Das kann gar nicht Allen sein. Allen wartet in seinem Haus, in Hattenheim. Nein, das hier ist irgendein Fremder. Der gar nicht mich anschaut, sondern etwas anderes, hinter mir, über mir. Was, kann ich nicht wissen.

Als ich zum Gleis komme, ist mein Zug längst abgefahren. Selbst in größter Entfernung sind keine Rücklichter mehr zu sehen. Ich schaue ihm trotzdem nach. Die Luft ist jetzt sehr viel kälter als noch in Karlsruhe. Eine Werbestele wirft ihre brillanten Bilder in die Welt, unaufhörlich und sinnlos wie die Karussells in Prypjat. Bis zur nächsten Verbindung nach Hattenheim bleiben mehr als vierzig Minuten.

Die Kälte treibt mich in die Bahnhofsbuchhandlung. Ich wate durch Zeitschriften, Glasmurmeln und Rezepte aus aller Welt. Das kreist mich meterdick ein: Geheime Orte, vergessene Worte. Landfrauen, Yoga und Fleisch. Schatten, Sturm, Schwestern und lustiger Sinn. Männer an Stränden, bald sterbend, bald groß, Mädchen mit Hüten, und: Ach, könnte man einmal das Richtige denken!

Ich kaufe schließlich den Nachdruck eines jahrhundertealten Winzerhandbuches. Weil Allen einmal einen Weinberg hatte. Ich lese den ersten Satz: „Die Weintrauben dienen zur Speise und zum Tranke."

Als ich auf den Bahnsteig zurückkehre, steht bei der Aschenbecherinsel im Gleisabschnitt C eine junge Frau. Alles an ihr ist schwarz: Chucks, Schals, der riesige Mantel. Eine Strähne hängt vor ihrem Gesicht wie der Riss in einer Fotografie.

„Haben Sie Feuer?"

Sie starrt mich an. Ihre Augen liegen als silbrige Teiche in einer unendlichen Landschaft aus Kohlenstaub. Ihr Kinn zittert, aber sie weint nicht. Es ist sehr viel schlimmer als das. Sie macht eine eckige Geste, wie ein Kind in einem Kriegsgebiet. Ich sehe keine Zigarette in ihrer Hand. Ohnehin hätte ich auch kein Feuer. Ich rauche seit Jahren nicht mehr. Ich habe sowieso nie so viel geraucht wie Allen. Nie so ununterbrochen.

„Er war doch schon tot", flüstert sie.

„Wie bitte?"

„Er ist gestorben, weil ich nicht da war." Sie lässt mich nicht aus den Augen. Auf einmal habe ich Angst vor ihr. Ich bin so alt wie ihre Großmutter, aber ich habe Angst, dass sie mich gleich schlagen wird. Aber das tut sie nicht.

Natürlich nicht.

„Zwei Wochen hat er dagelegen. Dann haben sie mich angerufen. Die Polizei. Und jetzt fahre ich heim?"

„Es war sicher nicht Ihre Schuld", sage ich, damit ich etwas sage. Vielleicht sollte ich ihr Geld geben. Ich weiß aber nicht, wie viel Geld man solchen Menschen gibt.

„Seinen Mantel durfte ich haben. Den hat seine Schwester mir gegeben. Dabei konnte sie mich nie leiden. Weil ich eine Porzellanseele habe, wissen Sie? Genauso wie er." Sie lächelt. Als lächele Maria auf ihr Kind herab. „Sie haben gar kein Feuer, was?"

Auf einmal stört mich der Geruch der Aschenbecher. Ich werde ganz benommen davon. Ich gehe ein paar Schritte.

Blättere wahllos in dem Weinbuch:

„Für die Essenzweine aber breche man mit der einzelnen Hand jene Trauben heraus, welche aus Überreife wie die Zibeben eingetrocknet wurden. Insbesondere der edleren Sorten, welche süß und gewürzhaft sind."

Ich fahre zu einem Sterbenden. Ich weiß es längst. Ich bin selber alt.

Der Zug nach Hattenheim fährt pünktlich ab. Auf die Minute. Auch die junge Frau ist wohl eingestiegen. Ich halte das Weinbuch auf den Knien.

Während der Zug fährt und fährt und fährt.

Am Bahnhof in Hattenheim steht kein Taxi. Also gehe ich zu Fuß. Allens Haus liegt alt und adrett am Ende einer steilen Seitenstraße. Eine Frau öffnet mir.

Ich sehe sie kaum. Dann stehe ich in einem dunklen Flur. Ich weiß, dass das Wasser aus meinem Mantel tropft. Unter den Schuhen habe ich Schlamm. Es riecht nach Gewürzen, Rosinen und Regen. Man lässt mich warten. Ich stehe im Finstern herum und denke gar nichts. Vielleicht fange ich an zu frieren. Als endlich die Tür von einem Zimmer her aufgeht, blinzele ich wie ein aufgeschreckter Maulwurf gegen tausend goldene Fackeln an. Umbrandet von Licht und Wärme steht Allen da. Ein Schatten, den ich sofort erkenne. Und ich sehe nur noch ihn.

Aus der goldenen Helligkeit hinter ihm klingen fröhliche Stimmen heran. Laut. Verstörend. Gelächter und Stühlerücken. Kein stilles Totenbett. Stattdessen ein schepperndes Klavier. Unvermittelt singt jemand, wieder Lachen, mehrere Stimmen fallen ein. *Never saw the sun shining so bright*. Mir wird ganz schwindelig davon.

Die Frau, die mir geöffnet hat, ist wieder da. Ich spüre ihre Hände, denn sie nimmt mir den Mantel ab.

„Sorry, Dad, wir sind ja schon weg."

Seine Tochter. Sie gleitet vorbei, flüchtig, blendend. Ich hätte gerne gewusst, ob sie aussieht wie er.

*Nothing but blue skies*. Händeklatschen. Kinderkichern und Gestolpere auf einer entfernten Treppe. Dann fällt die Haustür laut ins Schloss.

„Sie gehen doch nicht meinetwegen?", frage ich irritiert.

„Doch, natürlich tun sie das." Er verharrt noch einen Moment, dann streckt er den Arm nach mir aus. „Denke nicht mehr an sie. Du bist jetzt da. Komm. Komm. Komm."

Wir treten in ein überraschend kleines Wohnzimmer. Niedrige Decke, viel Holz. Keine tausend Fackeln, aber ein Kaminfeuer.

„Hast du Hunger?"

Auf einem groben Holztisch sehe ich Brot, Käse, die Reste einer Schokoladentarte.

„Nein."

„Hm."

Allen zieht zwei Stühle dicht an den Kamin. Ja, kalt ist mir allerdings. Ich schlüpfe aus den nassen Schuhen und strecke die Füße zum Feuer hin. Allen stellt eine Weinflasche und Gläser neben sich auf den Boden. Dann sitzen wir beieinander und starren in den Kamin wie in ein Lagerfeuer.

Mein Herz jagt sich selbst.

„Ach", sage ich, weil, wenn nicht jetzt, ich nie wieder etwas sagen werde, „darauf habe ich mich seit Tagen gefreut: Dein Gesicht und wir sagen lauter Sätze, die alle mit ‚Weißt du noch' anfangen." Meine Stimme klingt wie Blech.

„Wirklich?"

Ich spüre, dass er mich von der Seite her ansieht. Mein Stuhl hat keine Armstützen. Ich hocke an einem Abgrund. Wenn ich atme, werde ich fallen.

Allen gießt Wein in ein Glas und hält es schräg gegen das Licht des Kamins. Seine Hände sind dabei völlig ruhig. Der Wein schliert träge und ölig am Glas entlang. Gegen die Flammen schimmert er wie dunkler Honig.

„Dies", sagt er, „ist ein Riesling. Eine Trockenbeerenauslese. Schmeckt ein wenig nach kandierten Früchten. Wirst du merken. Sehr würzig. Die Trauben werden geerntet, wenn ..."

„... sie aus Überreife wie die Zibeben eingetrocknet wurden", stoße ich hervor und erschrecke vor mir selbst. Wenn ich doch nur nicht hier wäre.

„Nun", langsam füllt er ein zweites Glas und hält es mir hin, „so könnte man es allerdings sagen. Sehr hübsch."

„Reiselektüre", erkläre ich und greife nach dem Glas wie nach einem Sicherungsseil. „Warte, ich zeig's dir. Ich hab es in der Bahnhofsbuchhandlung ... weil, ich hatte doch kein Buch dabei. Ich dachte, ich brauche kein Buch. Aber dann waren diese ganzen Züge zu spät. Jeder einzelne von diesen blöden Zügen war." Ich zerre das Winzerbüchlein aus meiner Tasche. Allens Finger berühren mich, als er es mir abnimmt.

„Ach", ruft er erfreut aus, „das kenne ich. Ist sehr anmutig, nicht? Vielleicht finde ich das Kapitel über die Essenzweine, warte mal."

Ich starre wieder in den Kamin, während Allen blättert. Wie still es in diesem Haus ist. Wenn hier eine Uhr stünde, man hörte ihr Ticken. Die Holzscheite knacken. Bis mir die Augen brennen.

„Hör zu."

Allen neigt sich zum Feuer hin und liest: „Der Saft der Trockenbeeren ist dick, zuckersüß und sehr klebrig, und hieraus wird die Essenz, welche man manchmal die Elixiere des Lebens heißt." Er wendet das Gesicht zu mir hin. „Das ist wirklich schön."

Ich betrachte ihn. Er ist alt, natürlich ist er alt. Unter einem groben Wollpullover trägt er ein weißes Hemd. Weiche Manschetten fallen ihm über die Hände. Großer Gott.

Rasch beuge ich mich vor und stelle mein Glas auf den Boden.

„Ich dachte", sage ich knapp, „du hast den Weinberg verkauft."

Er seufzt.

„Nein", sagt er dann, „habe ich nicht. Aber ich selbst mache keine Trockenbeerenauslese. Die hier, die ist von einem Freund."

Wir schweigen.

Dann liest er wieder, leise, seine Stimme kaum mehr als das Feuer: „Die Beeren soll man an heiteren Tagen, wenn der Thau abgetrocknet ist, einsammeln und sanft austreten aus Besorgniß, daß die Kerne nicht zerdrücket werden, welche dem Getränke eine unliebsame Herbe beibringen könnten."

Ich höre mich in seine Stimme. Seine bald verlöschende Stimme. Es ist mir ganz gleich, was er sagt. Denn ich weine. Soll doch sein ganzer Wein unliebsam voll Wermut und Eisenhut sein. Wenn ich nur seine Stimme noch eine Weile hören darf. Ich weine und weine und weine. Als wäre ich ein Kind.

„Verstehst du", seine Hände halten das Buch, „diese Auslese ist so großartig, so wunderbar, sie kann nicht an einem Beginn stehen. Begreifst du, was ich dir sage? Jede einzelne Traube ist mit der Hand vom Stock genommen. Er ist sehr kostbar, dieser Wein. Man muss ihm die nötige Zeit geben."

„Wie ... die nötige Zeit?"

Ich sehe ihn nicht an. „Welche Zeit denn? Wieviel? Ich renne, den ganzen Weg renne ich ... welche Zeit soll das denn auf einmal ..."

„Weißt du noch?" Jetzt sagt er es. Und er spricht noch immer so leise, als lese er ein uraltes Buch. "Diese eine Kurve über Assmannshausen? Du hast mich jedes Mal geschlagen. Wie das Amen in der Kirche. Nur deswegen, übrigens, bin ich dort manchmal langgefahren. Ich wusste genau, wie viel Angst du hattest. Ich habe das nie vergessen."

„Natürlich habe ich Angst", sage ich. „Weil du doch ... ich sollte mich so beeilen, und das habe ich, weil ..."

„Weil?"

„Mein Gott! Weil du stirbst."

Er starrt mich an. Der Mund steht ihm offen. Mein ganzes Leben ist in seinen schwarzen Augen.

„Du glaubst, dass ich sterbe?"

Ich nicke.

Er schüttelt den Kopf. Ganz langsam.

„Nein, Liebes, das tue ich nicht. Also, irgendwann schon, aber ich habe ..."

„Du stirbst also nicht?"

„*Far from it.*"

Unsere Gesichter sind dicht voreinander. Das Kaminfeuer prasselt. Und da kommen wir der Welt abhanden.

„Und Bettine?", flüstere ich nach einer langen Zeit.

„Wenn du willst, gehen wir irgendwann einmal durch den Garten. Bettines beste Arbeiten stehen dort. Aber jetzt ... in dieser guten Nacht ... Probiere den Wein."

Er reicht mir sein Glas.

Vor dem Fenster steht eine schmale Mondsichel wie schwankend in einer sehr klaren, eiskalten Luft.

\*\*\* \*\*\* \*\*\*

# Hapax Legomenon

Am Samstagabend gegen halb sieben ging der Photograph in den südlich der Stadt gelegenen Wald, um sich an einem Baum über dem Rand der Schlucht zu erhängen.

*** *** ***

Am Freitag zuvor fotografierte er die bereits dritte Hochzeit eines alten Schulfreundes ab, erst den Kirchgang und dann die Feier im Schlosshotel.

Es war ein Auftrag im Dutzend, aber zu diesem fuhr er voller Groll. Zum Vorgespräch hatte er den alten Schulfreund in seine Wohnung eingeladen, und dann war es rasch sehr hässlich geworden. Mit keinem Fremden hätte er so herumverhandeln, so viel Angriff hinnehmen müssen: Dass seine Vorstellungen bizarr seien, dass ein Projekt in zwanzig Jahren noch keinen großen Künstler mache und er sich allmählich grotesk aufführe, seit langem schon, vor allem aber seit Barbaras Fortgehen. Ein schreiender Streit war es geworden, bis das alte Weib im Stockwerk über ihm auf die Dielen geklopft hatte. Eine dürre Graue, die ihm mit Nörgeln und Möbelrücken sowieso die Einsamkeit verdarb. Wenn sie ausging, trug sie einen Fahrradhelm mit grellgelber Aufschrift: *Total Speed. No Limits.* Die aasige Ella.

Du hättest dein eigenes Haus bauen müssen, hatte der alte Schulfreund gesagt, fast traurig auf einmal, als hätte ihm doch etwas leidgetan. Der Photograph war trotzdem festgeblieben, immerhin, aber eben auch voller Groll. Vor der Kirche machte er dann Fotos, als käme er aus einem Kriegsgebiet, während das ergraut lächelnde Brautpaar unter strahlender Junisonne mit Reis und Blüten beworfen wurde.

Auf der Feier am Abend betrank er sich und betrank sich weiter, bis in die Nacht hinein. Er trank und tanzte mit irgendeiner Kusine des alten Schulfreundes, die ihren Bauch in ihn hineinwölbte, dass er gar nicht mehr loskam von ihr. Er drehte sich und drehte sie. Dabei erzählte er, um etwas zu erzählen, wie gut ihm die Braut gefalle. So sehr gut, dass ihm total schwindelig sei davon. Die Kusine lachte. Wenn du willst, küsse ich dich, sagte sie. Sie hatte ein einfaches Gemüt. Er dachte an Rattengift und Rasiermesser. Um den Tanzboden herum hockten schwitzende Leiber auf einem rasenden Karussell.

Am Ende fiel der Photograph einfach um und lag rücklings auf dem Parkett wie ein Kind auf einer Waldlichtung. Wenn ich eine Seele hätte, dachte er, müsste sie mir jetzt eigentlich hochkommen. Aber es kam nichts. Er war sehr ruhig. Unter der Decke kreisten die Lichter. Er fühlte ein vorübergehendes Glück. Die Kusine kauerte über ihm. Ein dunkelgrüner Stringtanga - der Photograph konnte nicht aufhören, das zu sehen – schnitt in ihre rasierte Scham.

Wir alle, dachte er, sind am Ende rührend und billig.

Dann fühlte er sich emporgezogen. Dafür bezahl ich dich nicht, schrie der alte Schulfreund, schau dich doch an. Seit dem Sandkasten wird es immer schlimmer. Und jetzt bist du am Ende, was glaubst du. Geh bloß und kotz sonst den Boden voll. Du Gestalt. Auch die Braut stand da und hatte Flügel aus grauer Spitze. Über sie alle ging ein Luftzug hin. So ist es, dachte der Photograph, wenn sie einem die Wände der Dunkelkammer einreißen. Eben schaut man noch hin, aber man hält nichts mehr auf: Die Bilder verschatteten sich, und dann sind da nur noch Spiralen und Ahnungen und verkohltes Papier.

Er lächelte. Er wurde geschoben. Eine Tür fiel zu.

Auf dem Weg über den Marktplatz stützte ihn die Kusine. Es war eine warme Nacht, das Pflaster roch nach Heu und Heimat. Sie standen am Brunnen. Im Wasser spiegelte sich der schöne Mond.

Deine Barbara, sagte die Kusine, was ist mit der? Du bist so schön, und als du ihren Namen, vorhin, da hab ich echt gedacht, sie ist tot. Sie ist aber gar nicht tot, oder?

Doch, sagte er, das ist sie. Aber umgekehrt. Als Negativ. Sozusagen. Weil, erst war ich groß wie die Sterne. Und jetzt ist sie weg. Der Tote, das bin also sozusagen ich.

Der große Wagen, der schäbige Bär, sagte die Kusine und schob eine Hand in seine Hose.

Ich lüge und ersticke, dachte der Photograph. Er hielt sich am Brunnenrand. Er zitterte.

Das latente Bild, sagte er, das zerbrochene Licht, das habe ich immer: Blende, Genauigkeit und all diese Mühe. Am Anfang ist nur Licht. Das latente Bild. Man muss es einfangen, irgendwie. Dabei kann alles vernichtet werden. Das ist eine gefährliche Kunst. Das Licht will gelesen werden, aber immer misslingt es, das ist schrecklich. Weil, es war gemeint, dass es gut wird. Schrecklich. Aber Barbara, Barbara hat nur hingesehen, und dann war alles da. All die Dinge, ganz innen, ohne die niemand leben kann. Niemand!

Er seufzte und nahm die Hand der Kusine von sich fort. Gott, ich weiß nicht wie, sagte er und seufzte wieder. Es war so dunkel auf dem Markt, dass er ihr Gesicht nicht sah. Dann sieht sie meines vielleicht auch nicht, dachte er, das wäre mir recht.

Lass doch, flüsterte die Kusine ihm an die Lippen, jeder hat irgendeine Barbara.

Mittsommernachtsaugen, sagte der Photograph, weißt du, so: Das hat sie sehen können. Hier hinein. Wo das Herz schlägt.

Er schöpfte Wasser, mit beiden Händen, und sah zu, wie es tropfte und zerrann, im Mondlicht war es ein funkelndes Muster.

Was soll das schon sein, ein latentes Bild, sagte die Kusine.

Ich gehe jetzt heim, sagte er. Er ließ die Kusine am Brunnen zurück als silbrige Figur.

Vor dem Haus, in dem er wohnte, setzte er sich auf die Stufen und zog die Schuhe aus. Eine Weile lang blickte er in die Himmel hinauf. Der Mond schien so hell, als wäre überall das Ende der Welt gekommen. Die Schindeln der Dächer glänzten. Es war sehr still. Der Tag ist noch fern, dachte der Photograph und lächelte. So ist das, wenn es vorüber ist. Diese Sorge weniger. Alle Sorgen überhaupt. Die Nacht hat ihre Kerzen ausgebrannt, so ist das. Er war ein wenig verwundert. Sonst spürte er nichts.

So saß er, eine Stunde oder mehr. Irgendwann gegen Morgen begann es zu regnen. Als er endlich die Treppe hinaufging, knarrten die Holzstufen. Und natürlich stand die aasige Ella über dem Geländer, in Wollsocken und Strickjacke. Sie goss sich über ihm aus wie Kübel:

Getrunken haben Sie, sich versoffen. Als wär sonst niemand in der Welt. Dabei bin ich wach, nur wegen Ihnen, nur wegen Ihnen. Ich kann nicht schlafen und Sie. Nichts stellen Sie sich vor, Sie Mensch. Nichts.

Ich bin eine Gestalt, dachte der Photograph, aber auch ein Mensch. Immerhin. Er betrat seine Wohnung. Er trank ein Glas Wasser. Er rauchte. Als es hell geworden war, legte er sich aufs Bett. Vor dem Fenster schwirrten die Schwalben.

Der Photograph hatte keinen anderen Wunsch mehr als den, plötzlich zu erblinden.

*** *** ***

Am Samstagmittag wurde er wach, weil das Handy klingelte. Der alte Schulfreund rief an, um ihm zu sagen, dass er (der Photograph) ihm (dem alten Schulfreund) von nun an gestohlen sei.

Widerlich habe er sich aufgeführt auf dem Tanzboden, widerlich, und nach fünf Jahren – ich bitte dich – sei Barbara wirklich keine Entschuldigung mehr. Bei allem Verständnis, das sie doch hätten. Bis an eine Grenze jedenfalls immer gehabt hätten. Aber da seien sie jetzt, und eine Abnutzung gebe es schon, versteh das bitte.

Das Projekt war ein Anfang, sagte der Photograph. Er war so sicher gewesen, vor sechs oder fünf Jahren. Damals hatte er in einer aufgelassenen Keramikfabrik Aufnahmen gemacht. Mit stehender Kamera, alle siebzehn Minuten ein Bild, genau ein Jahr lang. Am Ende war das Dach der sterbenden Backsteinhalle eingestürzt, dann war Schnee gefallen. Die letzten Bilder waren großartig und farblos gewesen, wie nach einem Krieg. Er hatte einen Film daraus gemacht, ruckelnd und fusselig, hundert Jahre alt. Während der Kultursommerwochen hatte er ihn mit rasselndem Projektor vorgeführt. An mehreren Abenden und mit überregionaler Kritik. Postkarten, hatte der alte Schulfreund damals gesagt, mach' doch, Zeitschriften, Fotoband. Sie hatten im Biergarten am Storchenturm gesessen und den künftigen Ruhm aus Eimern getrunken, voller Glück und Krakeel. Aber erstens hatte ein Verleger ihm gesagt, dass Industrieruinen eigentlich schon wieder ziemlich ausgelutscht seien. Und außerdem war dann die Tür hinter Barbara zugefallen.

Diese Tür, sagte der Photograph zum Telefon hin, obwohl der alte Schulfreund ihn gar nicht hörte, diese Tür ist aus Blei und Samt. Immer seither ist alles aus Blei und Samt.

Einen Gruß noch von der Braut, sagte der alte Schulfreund im gleichen Moment. Er klang auf einmal sehr fröhlich und war dabei, sich zu verabschieden. Sie wollten doch jetzt alles einmal gut sein lassen, in ein paar Stunden flögen sie ja dann, nach Patagonien und um das Kap Hoorn. Mit Taufe und Segeln, volles Programm. Du weißt ja, wer sieben Mal das Gleiche tut und so weiter. Man muss ja nur hineingreifen. Ein echtes Abenteuer.

Ich scheiß auf deinen Tanzboden, sagte der Photograph.

*** *** ***

Den Nachmittag verbrachte er, indem er im Bett blieb und auf irgendeine Wand starrte. Es regnete wieder oder noch immer. Das Licht war grau. In der Wand war ein Riss. Er begann oben, direkt am Deckenbalken, und wuchs nach unten als feiner Ast. In der Mitte der Wand versickerte er. Der Photograph wusste merkwürdig sicher, dass es diesen Riss, obwohl er ihn jetzt zum ersten Mal sah, dort schon immer gegeben hatte. Seine Wohnung war so dunkel, daran lag das wohl. Alle seine Wohnungen waren dunkel gewesen und voller Winkel.

Auch die Dachstube in der Goldschmiedenstraße, die er mit Barbara geteilt hatte, damals, vor aller Zeit.

Unter einer Luke hatten sie sich geliebt, hundert Mal, geraucht und gestritten. In allen Nächten waren sie davongeflogen. Im Sommer hatte das Dach geächzt vor Hitze, und es hatte beängstigende Gewitter gegeben. Der Wind hatte an den Ziegeln gezerrt, und er, der damals kaum begonnene Photograph, hatte erzählt, dass es ohne Katalysatoren keine Bilder gebe.

Während Barbara auf dem Laken ausgebreitet ist, mit schwarzem Haar, jedoch sonst ganz und gar aus Silber.

Es gibt Wörter, sagt sie, die kommen nur ein einziges Mal vor. Bei nur einem Dichter. Sie sind unglaublichfurchtbar selten. Einsame Wörter. Selbst wenn man die ganze Sprache absucht. Es gibt dasselbe Wort nie und nie wieder. In hunderttausend Büchern nicht. Das ist so - so – so -

Sie sind halt überflüssig, sagt er, oder Zungenbrecher. Oder Spinner.

Barbara setzt sich auf, das ist wie Wasser im Mai. Der Sturm oder die Blitze oder etwas ganz anderes geht über sie hin. Er weiß: Wenn er sich jetzt ausstreckte, selbst mit aller Kraft, er könnte sie doch nicht berühren.

Er zündet eine Zigarette an.

Er raucht.

Die Dinge, sagt sie, das ist es ja eigentlich. So ein Wort meint ja etwas. Und das gab und gibt es eben nur dieses einzige Mal. Glaube ich. Es ist gar nicht so leicht zu entdecken, dass etwas wirklich existiert. Verstehst du?

Was für Dinge, sagt er.

Sie sieht irgendwohin, von ihm weg oder nach oben. Wo eigentlich nichts anderes zu sehen ist als Finsternis.

An einem frühen Morgen, sagt sie, wird ein Fenster aufgestoßen. Ein Vogel stiebt in den rosafarbenen Himmel. Er stößt einen Ruf aus, dieser Vogel. Und die, die das Fenster aufgestoßen hat, ist zum ersten Mal in ihrem Leben nicht blind. Sie sieht den Vogel in diesem rosafarbenen Licht und wendet sich um. Da ist jemand bei ihr, und das ist jemand, den sie sehr, sehr liebt. Und dann sagt sie es, dieses eine Wort. Jetzt. Jetzt. Jetzt.

Der Photograph wachte auf wie geworfen. Es war spät, nach halb sechs. Es regnete nicht mehr, sondern die Sonne hing in der Gardine, abendlich und sanft. Der Tag ist vorbei wie ein Flügelschlag, dachte er. Vielleicht, wenn er mit Barbara ans Meer gezogen wäre. Oder Kinder oder eine Weltreise oder nie oder immer. Er wusste es einfach nicht. Es war eben bergab gegangen mit ihnen. Unausweichlich. Lautlos. Bis die Tür hinter Barbara zugefallen war.

Wer sieben Mal dasselbe träumt, muss sterben, dachte er und ging ins Bad. Er sah sich im Spiegel. Ich werde nie wieder jung sein, dachte er weiter, im Grunde jetzt beiläufig. Ich werde keine Fotos mehr machen. Wie seltsam banal das ist. Die absolute Wahrheit, ein zerlesenes Buch.

Er duschte und rasierte sich. Er kleidete sich mit Sorgfalt an: Leinenhose, ein sehr weißes Hemd. Er spülte das Geschirr vom Vortag. Gegen halb sieben verließ er das Haus und ging in den südlich der Stadt gelegenen Wald, um sich an einem Baum über dem Rand der Schlucht zu erhängen.

*** *** ***

Es war ein leichter Weg, entlang des Bachlaufs und ein wenig hügelan. Der Photograph war ihn tausendmal gegangen. Als Kind hatte er hier Dämme gebaut. Oder auf irgendeiner Lichtung gelegen und hinaufgesehen zum Gespinst der Zweige und zu den schwankenden Himmeln weit darüber.

Wie grün die grünen Blätter sind, dachte er, obwohl er etwas Bedeutendes hatte denken wollen. Sätze über Leben und Tod und letzte Male. Vom rechten Tun und Lieben. Aber nun hing ihm nichts als ein blecherner Ohrwurm im Genick: Das Männlein steht im Walde, ganz rot und tot. Der Kopf wurde ihm wund davon.

Er ging weiter, stetig, wie ihm schien. Manchmal rannte er auch ein paar Schritte, das aber achtlos und ohne Grund. An einer Weggabelung hielt er inne. Auch hierfür gab es, wie er sich später immer wieder sagte, keinen wirklichen Grund. Eine Eiche streckte ihren verschrobenen Ast hoch über den Weg, Sonnenlicht klebte daran als fleckige Vergoldung. Der Photograph schaute hinauf. Ihm fiel ein, dass er sich bisher keine Vorstellung von dem einen Baum gemacht hatte, an dem er sich erhängen wollte. Er begriff auf einmal, dass das ein Versäumnis war. Dass er sich eine Vorstellung hätte machen müssen von der Festigkeit des Holzes und der Beschaffenheit dieses einen Baumes, den es doch längst gab, irgendwo dort im Verborgenen. Ach, dass wir uns nicht wie die Engel in stille Luft auflösen können, dachte er und schaute sich um wie ertappt.

Und wirklich, da drüben am Bachlauf stand jemand. Obwohl auf dem Weg und im ganzen Wald niemand hätte sein dürfen: Nun stand da einer, keine dreißig Meter entfernt, die Füße im Wasser und einen Fahrradhelm mit grellgelbem Schriftzug auf dem Kopf, eine Discounttüte in der Hand aus irgendeinem Irrsinn heraus. In dem Photographen rührte sich so etwas wie Zorn. *Total Speed*.

Da unten am Bach hockte die aasige Ella und tat und ruckte mit knochigen Armen, Gott weiß, wozu. Die Riemen des Helms schlugen ihr um die Wangen. Sie rutschte über Steine, sie verfing sich in ihrer Strickjacke. Als habe ihr Tun ein für sie fast zu großes Gewicht.

Der Moment ist vorbei, dachte der Photograph überrascht, und kommt nicht wieder, und ich habe nicht auf den Auslöser gedrückt.

Die aasige Ella reckte sich auf. Im Bach vor ihr, zwischen den rundgeschliffenen, moosgrünen Felsen, klemmte das nutzlose Modell eines Mühlrads. Schief war es, aus Sperrholz und Kistensparren zusammengezimmert. Dennoch drehte es seine Schaufeln im Bach, eifrig und blank, ganz wie es ja sein soll. Mit gefalteten Händen stand sie davor.

Eine weiße Strähne hatte sich unter ihrem Helm gelöst und wehte in der goldenen Luft wie Elfenhaar.

Ich sterbe also nicht. Der Photograph sank in die Knie. Jedenfalls heute nicht. Darüber sollte ich doch froh sein. Aber ich bin es nicht.

Trotzdem begann er zu lachen. Es war ihm ein sonderbares Bedürfnis, sich dabei mit der flachen Hand zu schlagen, auf die Oberschenkel, dann ins Gesicht und auf die Brust.

Er lachte immer lauter.

Die aasige Ella hörte ihn, natürlich hörte sie ihn. Sie verzog den Mund, der Photograph konnte es sehr wohl sehen. Bosheit überflutete ihn wie ein Rausch.

Das Mühlchen dreht sich, rief er zu ihr hinüber, es dreht sich sogar. Wäre echt toll, wenn es jetzt auch noch klappern könnte!

Die aasige Ella sah gar nicht hin zu ihm. Oder sie schüttelte den Kopf gegen ihn. Dann wieder dachte er, dass sie ganz still und entfernt dastehe. Irgendwo hoch oben klopfte ein Specht. Der Abendwind ging durch die Wipfel. Die aasige Ella faltete ihre Discounttüte, mit einer Sorgfalt, als glätte sie ein Leichentuch. Dann ging sie langsam davon. Altes Laub raschelte unter ihren Schritten. Der grellgelbe Helm leuchtete durchs Dickicht. Am Bach kreiste das verlassene Sperrholzrad. Der Schatten kroch unter die Bäume.

Der Photograph saß noch immer auf dem Weg unter dem Eichenast. Er fror. Ihm ging durch den

Sinn, dass er hartnäckig zu sein habe und es noch nicht des Tages Abend sei. Dann fiel ihm ein, dass er gar kein Seil dabeihatte.

Und das außerdem, dachte er. Da kommt mir erstens dieses Weib quer, und außerdem habe ich gar kein Seil. Ich sollte mir das aufschreiben: Erster Versuch, total misslungen. Das ist ja fast schrecklicher, als wirklich tot zu sein. Weil ich kein Seil habe. Er war seltsam müde.

Im ganzen Wald war jetzt außer ihm niemand mehr. Irgendwann stand er auf und ging in die Stadt zurück.

*** *** ***

Als er heimkam, saß die aasige Ella auf der Treppe vor seiner Wohnung und wartete, offenbar auf ihn. Sie trug dieselbe Strickjacke wie oben im Wald, jetzt aber ein rotes Kleid darunter und den Helm natürlich nicht mehr. Auf der Stufe neben ihr stand ein Paar lackierter Herrenschuhe.

Ihre, sagte sie, lagen gestern Nacht vor dem Haus. Im Regen.

Sie sah ihn an mit zusammengekniffenen Lidern. Sie muss einmal grüne Augen gehabt haben, dachte der Photograph. Eigenartige, grüne Augen.

Er bückte sich nach den Schuhen. Er kam ihr ganz nah dabei, und ihn überfuhr, wie nie in seinem Leben zuvor, plötzlich das Verlangen, seine Stirn gegen die ihre zu lehnen. Erschrocken richtete er sich wieder auf.

Die aasige Ella schaute ihn immer noch an.

Dieses Weib, dachte er böse.

Ich möchte, sagte sie, dass Sie mich fotografieren. Heute Nacht noch.

Auf keinen Fall, sagte er, es ist spät, und ich kann Sie nicht leiden. Das würde kein gutes Bild.

Sie zuckte mit den Schultern.

Bleich und verweigernd wird es wahrscheinlich sein, sagte sie und schürzte die Lippen.

Sie starrten sich an.

Mein Leben ist der freie Fall, dachte der Photograph verzweifelt, und ich wollte allmählich, ich käme einmal unten an. Sie wird nicht aufgeben. Ich weiß es. Sie wird auf der Treppe sitzen, bis die Welt untergeht. Er schloss seine Tür auf.

Kommen Sie, sagte er.

Im Arbeitszimmer schaltete er den Deckenscheinwerfer an und stellte einen roten Plastikstuhl in den Lichtkegel direkt darunter. Alles andere blieb dunkel, und der Photograph selbst fiel in fast vollständige Finsternis. Oder sie kommt mir gerade recht, dachte er, wie soll ich denn sonst diese Nacht, so oder so. Und andere Nächte. Der vertändelte Tod. Man muss es siebzehn Mal sagen. Oder weiß Gott wie oft, und am Ende schaffe ich es gar nicht. Nie.

Die aasige Ella zog ihre Strickjacke aus und setzte sich vorsichtig. Womöglich tat sich der Boden unter ihr auf.

Der Photograph wunderte sich ein wenig, dass sie, wie so viele andere, aber gerade sie den Mund nicht halten konnte.

Sie sei ja allein, sagte sie. Nur den kleinen Bruder gebe es. Der als Kind oben am Bach Dämme und Mühlen gebaut habe, und das Foto sei überhaupt für ihn. Denn ohne ihn wäre sie nicht. Der Bach sei damals nämlich ein ganz anderer gewesen. Ihr Bach, damals, der habe in Flammen gestanden.

Oder erfrieren, dachte der Photograph, man soll ja ganz euphorisch werden, und dann schläft man ein. Im Winter, vielleicht. Schlaftabletten und Frost. Im Winter. Vielleicht auch nie. Oder ich lebe in endloser Verzweiflung, und das ist dann die Hölle. So sagt man doch.

Die aasige Ella saß aufrecht da. Das weiße Licht lag auf ihren Schultern wie auf einer Bahre. Natürlich sei da auch eine beste Freundin gewesen, aber damals hätte man keine Fotos gehabt voneinander. Und an dem einen Tag hätten sie sich Schlüpfer aus grüner Wolle gestrickt, und an dem anderen Tag sei dann der Alarm gewesen, und alle hätten gerufen: Auf, auf zum Bunker! Kinder stürben ja so schwer. Für die Alten sei es nur ein Abschied, aber die Kinder stürben so schwer.

Dieses Licht ist schlecht für sie, dachte er, grässlich. Eine Mumie nach teilnahmslosen Jahren, und ich schwinde wie Rauch. Das Kleid allerdings wird gehen, fast alter Samt. Was ist das? Blutrot? Oder Schwarz. Kein Stativ, kein Lichtschirm. Wie ein Amateur. Ich knipse herum wie ein Amateur.

Er lehnte am Regal und versuchte verschiedene Winkel. Ihm schnitt irgendetwas in die

Schulterblätter. Vielleicht ist das ja ein Schwert, dachte er und stürzte sich hinein, bis er glaubte, es täte jetzt weh.

Das Gesicht der aasigen Ella auf der Bildanzeige vor ihm war spurenlos und bitter. Ein niemals geküsstes Gesicht, dachte er. Es hat wahrscheinlich immer nur den kleinen Bruder gegeben, ein Leben lang.

Und der Tag, als die Freundin und alle (alle!) in den Bunker gerannt waren. Und nur sie selbst sei daheim geblieben und der kleine Bruder und die Mutter. Der Vater in Pommernland oder sonstwo, während der kleine Bruder auf dem Küchentisch gestanden und geschrien habe, er sei ja erst drei Jahre alt gewesen. Und so sehr die Mutter geknöpft habe, er habe partout nicht ins Jäckchen gewollt. So sei das gekommen. Deshalb hätten sie es nicht mehr zum Bunker geschafft. Und da seien dann auch schon die Bomben gefallen.

Jetzt, sagte der Photograph.

Die aasige Ella hob das Kinn.

Wir sind dann in den Keller, sagte sie, obwohl das verboten war. Streng verboten.

Lassen Sie das Reden, sagte er, das stört mich. Schauen Sie da hin. Irgendwo hin. Ein wenig mehr zu mir. Und nach oben. Mehr zu mir.

Er fotografierte, fast ohne hinzusehen, eine schnelle Serie halbschräg, sofort anschließend und ebenso schnell eine zweite frontal.

Dann war er fertig.

Der Bunker, sagte die aasige Ella, hatte einen Volltreffer. Alle. Alle, die darin waren an diesem einen Tag. Wenn nicht mein Bruder, sonst wären auch wir.

Der Photograph lehnte in seinem Schwert und überflog die Aufnahmen. Er fand sie grauenvoll, ausnahmslos. Aber so ist das eben, dachte er, ich mache nur die Bilder, und dann muss jeder sich selbst lesen, so gut das eben geht. Er fand keinen Anschluss an diesen Gedanken. Ihm war ein wenig übel.

Er schloss die Kamera an das Notebook an und zeigte der aasigen Ella, wie sie sich durch die Voransicht blättern konnte. Wieder kam es ihm so vor, als müsste er sie berühren. Ich könnte ihr die Hand auf die Schulter legen oder so etwas, dachte er, ich verstehe gar nicht, was das ist. Er stand hinter ihr und rauchte, und sie sagte plötzlich: Das hier, und klopfte mit dem Fingernagel gegen den Bildschirm: Das hier will ich.

Es war eine besonders schlechte Frontale. Auf dem Gesicht lag zu viel Licht. Es war ausdruckslos wie Porzellan.

Er beugte sich vor.

Sie haben da die Augen zu, sagte er.

Ich weiß, sagte sie.

Er sah lange hin. Er rauchte. Seine Finger zitterten dabei.

Das können Sie nicht nehmen, sagte er dann, das ist eine Totenmaske.

Ja, sagte sie. Ich weiß.

Und weil er schwieg und zitterte oder aus einem anderem, ihm jedenfalls unerklärlichen Grund erzählte sie noch vom nächsten Tag. Dass ihre Mutter zu dem geborstenen Bunker habe hingehen müssen, weil außer ihnen keiner mehr gelebt und man doch Namen gebraucht habe für hundert Trümmer. In die Kleidung der Kinder seien ja Nummern eingedruckt gewesen, für solche Fälle, jeden Tag, überall.

Aber in ihrem Bunker habe ein Mädchen gelegen, dem habe alles gefehlt, die Kleidung und auch der Kopf. Man habe es unter einer verbrannten Frau gefunden. Es habe nur noch einen Schlüpfer getragen, dieses Kind. Einen gestrickten Schlüpfer aus grüner Wolle. Und an dem sei die beste Freundin dann doch erkannt worden. Denn sie selbst, die damals noch nicht aasige Ella, sie habe ja den gleichen gehabt. So hätten sie es gewusst.

Sie sah den Photographen an. Sie weinte.

Ihr Name war Getrud, sagte sie.

Vielleicht, dachte er, hat sie diesen Namen nie wieder ausgesprochen. In einem ganzen Leben nicht. Und jetzt.

Verzeihen Sie mir, sagte sie und stand auf.

Schon gut, sagte der Photograph.

Ich weiß eigentlich nicht, dachte er. Überhaupt weiß ich es nicht.

Er druckte das Bild aus. Er schob es in einen Umschlag. Er brachte die aasige Ella bis ins Treppenhaus.

Verzeihen Sie mir, sagte sie dort noch einmal. Dabei lächelte sie, aber das war schon entfernt und irgendwohin.

Und dann ging sie.

Der Photograph blieb noch eine Weile stehen und sah ihr nach, wie sie hinaufstieg in ihre Wohnung, die, so kam es ihm auf einmal vor, um vieles heller sein müsste als seine eigene.

*** *** ***

## Der Garten

Sie ist einer von diesen kleinen Menschen. Die niemand kennt. Die ihr Leben lang leise die Straßen fegen. Wenn man von ihnen erzählen will, fliegen sie wie Staub davon. Und das ist das Schlimmste. Als hätte man, weil man schnell zum Bus will, einen Schmetterling zertreten.

So eine ist es. Da sitzt sie. In einem unendlichen Garten wie am Amazonas. Es ist Sommer und der Abend schon spät. Eigentlich sollte ich sie in Ruhe lassen. Aber, ach, sie ist so entzückend: Eine murkelige Braune mit groben Händen und farbigem Rock.

Sie lächelt. Das ist für sie die schönste Stunde: Die Sonne ist gerade untergegangen und das Licht wird blau. Sie wartet auf ihren Liebsten. Durch den unaufhörlichen Garten huschen Vögel und Gerüche. Irgendwo ist die Wand aus buntem Glas, und dahinter liegt dann der Bahndamm. Dort verdingt sich am Tage ihr Liebster und schleppt Eisen und Räder. Erst wenn es Nacht wird, kommt er heim zu ihr. Dann erzählt er von den Gleisen und den Zügen auf ihrem tobenden Weg von Surinam nach Macapá.

Sie sitzt in ihrem ewigen Garten auf der steinernen Treppe und lächelt. Über ihr in der Zeder hängt ein blauer Zuckervogel. Ach, meine so süße Braune hat weite Augen und blickt hinauf zu den Himmeln. Bald wird ja ihr Liebster heimkommen. Das Tor oben am Weg wird quietschen. Seine Schritte wird sie erkennen wie eine Blinde.

Weil ich es will, legt sie die Stirn auf die Knie. Ihre Arme sind aus Kaffee und Samt, ihre Hände träumen. Sie denkt nur an ihn.

Vorhin hat sie geschlafen, am hellen Nachmittag! In ihrem Traum lag ihr süßer Freund bei ihr. Sein Haar war schwarz wie Pech und Schwefel. Und dann ist sie ganz ganz plötzlich aufgewacht. So: Man weiß gar nicht, wohin. Wie bei einem Erdbeben. Man springt auf und rennt irgendwohin. Ganz unvernünftig vor Angst. Genau so ist auch sie aufgesprungen und hinausgerannt und hat seinen Namen gerufen mit einer Stimme groß wie das Meer. Am hellen Nachmittag. Durch den Garten ist sie gelaufen, zum Fluss und wieder zurück und über die große Brache hin und weiter. Wo die Dornen sind und Asche und Zichorien. Nirgendwo war ein Schatten. Ich habe sie gesehen. Ihr Gesicht war zerrissen, und sie trug ein Band aus Rost und Feuer um die Stirn. Ich konnte es kaum aushalten, so tat es mir weh. Aber sie hat ihn weiter gerufen und gerufen. Ewig und immer und immer. Drei Güterzüge sind vorbeigekommen. Der letzte war so lang, der wollte bis ans Ende der Welt. Am Bahndamm, hinter der Mauer, waren dann die Leute, die fingen sie ein und hielten sie fest. Es war eine entsetzliche Hitze über uns allen. Meine erschrockene Braune schlug die Hände vor ihr armes Gesicht. Vielleicht, weil sie sich sehr schämte. Und weil die Leute nicht sehen sollten, dass sie umherirrt wie ein Schwarm Mücken vorm Gewitter. Ich konnte gar nichts tun. Alle haben auf sie eingeschrien mit so vielen Stimmen. Es war ein schreckliches Getümmel. Geduckt stand sie da, in ihrem farbigen Rock. Sie wollte doch zu den Gleisen. Sie verstand gar nichts. Das brach mir das Herz.

Geht doch alle weg, hätte ich gerne gesagt, Ihr müsst sie heimgehen lassen. Er war doch ihr Leben, wisst ihr das denn nicht? Was man eben so sagt. Aber da ließen die Leute sie auch schon los, und meine Kleine rannte davon. Unter ihren nackten Füßen war blauer Staub.

Jetzt ist es Abend. Sie sitzt auf der Treppe. Auf der siebten Stufe von unten. Weiter ist sie nicht gekommen. Es ist ja heute so so heiß gewesen, man glaubt es nicht! Aber das wird vorübergehen, und dann gehört der unaufhörliche Garten den Rosen. Sie blühen und blühen. Sie achten der Güterzüge nicht. Auch meine gemurkelte Braune ist so eine Rose.

Sie sitzt auf der siebten Stufe und hofft auf ihren süßen Freund. Sie hofft mit solcher Größe, dass selbst ich nach dem Quietschen des Tors lausche. Keiner könnte sich mehr Mühe damit geben als ich. Und doch entgeht mir nicht, wie still es bleibt. Nur die Äste der Zeder wispern. Als ich hinaufsehe, ist die Arara fort. Statt ihrer geht eine Krähe über den Himmel. Und noch eine. Eine ganze Schar. Sie rudern erbärmlich und schreien sich an.

Weit über ihnen und so schön leuchtet der Abendstern. Meine süße Braune schaut hinauf zu ihm und lächelt. Er funkelt. Das genügt ihr. Sie weiß nichts vom mächtigen Hesperos und wie er den Menschen abhandenkam. Dass er voll Schmerzen weit oben am Himmel stehen muss. Fern wie die Schönheit der Engel.

Sie weiß gar nichts. Sie weiß auch nicht, was die Leute ihr gesagt haben, am hellen Nachmittag, auf der Böschung beim Bahndamm, zwischen Dornen und Zichorien: Dass der Liebste nicht wiederkommen wird. Dass etwas geschehen ist mit Rädern und Kränen und einem Waggon. Dass er nicht zurückkommen wird. Dass seine Glieder zwischen den Gleisen liegen, verstreut und rostig. Nicht wiederzuerkennen vor Blut.

Ach, meine arme Braune.

Es ist dunkel geworden unter der Zeder. Aus den Himmeln rinnt das letzte Licht. Der Duft der Rosen geht durch den Garten wie eine Wand.

Ich sehe sie kaum noch, die vermurkelte Braune. Vielleicht legt sie die Stirn auf die Knie und summt irgendetwas. Ein Lied, in dem sie seit tausend Jahren mit verwundeten Händen Rosenbeete gräbt. Obwohl ihre Rosen auf dürrem Land sind. Sie sorgt sich nicht. Sie leidet und gräbt. In ihrem Lied steht der gute Freund an allen Abenden hinter ihr. Er will sie küssen. Sie spürt sein Gesicht wie einen kalten Quell. Und er lacht und küsst und lacht.

Ja, das summt sie vor sich hin, meine selige Kleine. Tausend Mal: Nichts dürstet so sehr, wie mein Leib nach dir. Welches Glück!

Welches Glück.

Ich kann ihr nicht helfen. Es ist ihr nichts zu sagen. Die Arara wird morgen wieder da sein, die Rosen werden duften und die Zeder wird wispern. Auch die Leute werden da sein und die Gleise und die tobenden Züge auf ihrem Weg von Surinam nach Macapá.

In diesem Augenblick aber herrscht im Garten die tiefe Nacht. Meine murkelige Braune sitzt auf der halben Treppe und lauscht auf das Tor und die Schritte, die sie erkennen wird wie eine Blinde.

Ich will sie allein lassen. Damit sie nicht als Staub davonfliegt.

Diese süße Närrin.

*** *** ***

## Die Johanne

Ich halte mich fest mit Nägeln und Zähnen an einem Stück Holz, das einmal ein Schiff war. Das Meer schlägt mir graugrüne Steine ins Gesicht, es schneidet mir die Haut, die Wogen sind Türme und stürzen mir auf die Stirn bis kein Himmel mehr da ist, kein Segel, kein Atem. Aber ich: Bei diesem Sturm und so wahr ich lebe, das schwör ich: Ich werde nicht untergehn. Mag über uns allen die schwere See sein und toben und fauchen, und mag der Tod an mir zerren mit eisigen Krallen: Ich werd nicht untergehn.

Ich will zu den Schoschonen. Dort ist die wilde Jagd zuhaus, die Menschen gehen ohne Gewänder noch Kaiser noch König. Amerika ist groß, hat der Ulrici gesagt, das Land hat kein Ende, selbst wenn man reitet, Tage und Nächte und Monate, niemand kann sich das vorstellen. Doch, hab ich gesagt, ich schon, ich kann. Da hat er gelacht, der Ulrici. Das war ein Lachen, wie wenn einer an einem Frosttag ein Fenster aufmacht. Solche wie dich suche ich, hat er gesagt, für dich haben wir bei Bremen den Hafen gebaut und die Schiffe, damit ihr weg könnt von diesem hungrigen Deutschland, in dem doch keiner was wird, nirgendwo, grad weils die Heimat ist. Man kann das weite Land kaufen in Amerika, jedermann kann es kaufen.

Auch eine wie ich?, hab ich gefragt, und er hat gesagt, ja, ja, gerade so eine wie du.

Pass nur auf, hat die Marie mich gewarnt, der Ulrici ist doch von der Reederei, der ist ein Seelenfänger, der will sein Geld verdienen mit deinem Fortwandern. Vielleicht lügt er, du kennst ihn nicht. Dann lügt er eben, hab ich ihr gesagt, ich mach aus seinem Geschwätz schon eine Wahrheit. Und am nächsten Tag hab ich die Überfahrt gekauft, auf der Johanne, weil die mir Glück bringen soll, sie heißt ja wie ich. Johanne, Johanne, wir fahrn zu den Schoschonen.

Und jetzt halt ich mich fest, mit Nägeln und Zähnen, an einem Stück Holz, das kein Schiff mehr ist. Am Morgen noch, als wir erst ahnten, was kommen würde, weil das Land auf einmal so nah war und der Kiel schon im Sand ging, als wir aber noch hofften, da war eine stille Stunde gewesen bei uns unter Deck. Kein Gebet. Kein Lied. Und dann ist die Luft geborsten in Wogen aus Stein. Die Johanne schrie und fiel auf die Seite, wir krochen an Deck, und seither steigt die Flut. Wie Geröll poltert die entsetzliche See, sie donnert und prasselt mit Kanten und Klingen und stößt uns fort von unserer Bark. Eisengrau hämmert sie berstende Dämme, zerspringendes Blech. Und weit, weit, weit hinter der Gischt ist der rettende Strand.

Was hätte ich noch sollen in Gottsbüren, wo bei der Öllampe kaum Licht ist um einen Socken zu stopfen, und mir das Kind im Leib und kein Mann dazu. Hättest halt nicht im Heu liegen sollen mit einem, der einer andern schon gehört, hat der Christian gesagt, da wars Oktober. Der Wald über Beberbeck hat dreimal gebrannt, und am Abend hab ichs dem Christian gesagt, dass er Vater wird in mir. Das geht nicht, hat er gesagt, wegen der Elsbeth, das weißt du doch. Ja, hab ich geschrien, ich weiß, das weiß ich, dass es noch nicht mal dein Heu war, in dem wir gelegen haben, sondern das von der Elsbeth, du Hinkriecher, du arme Sau. So ein Wüten war das. Sein schwarzes Haar hat nach Rauch gerochen. Er würd mich ja nicht fallen lassen, aber den Mund müsst ich schon halten, dann könnt ich ja als Magd zu ihnen auf den Hof, damit er seine Hand über mich hält. Da hab ich gelacht und bin fortgegangen. In der Nacht waren im Himmel die blauen Sterne. Daran hab ichs gesehen: Gott hat die Welt nicht gemacht, dass ich Magd bin bei solchen Leuten.

Und jetzt halt ich mich fest, mit Fleisch und Fetzen, an einem Stück Holz in der schweren See. Kein Grund an den Füßen, an mir zerrt die Dünung, das Wasser umher voller Leiber und Blut. Weil sie den Mast gefällt haben, damit die Johanne noch aufschwimmt, da waren wir alle schon auf dem Deck. Der Mast zerschlägt uns, und die Flut zermahlt uns mit Lumpen und Kisten, der treibende Hausrat stampft in die Leute wie Flegel und Sense. Drüben seh ich ein Mädchen, das hat kein Gesicht mehr, nur ein Maul, aus dem es brüllt. Und aus meinen

Händen stechen die Knochen. Da erkenn ich den Tod, der kommt auf Rössern und Wogen, erbarmungslos über die schreckliche See. Aber ich.

Noch in diesem Jahr fahren wir, hat der Ulrici gesagt, von Bremerhaven nach Baltimore, wir fahren im guten Wind. Später sind dann die Winterstürme, aber da bist du längst dort, wo du hinsollst. Gelogen hat er, ich habs gerochen. Es war mir ganz gleich. Ich hab mein Leben in eine Kiste gepackt: Warme Kleidung, feste Schuhe, Bettzeug, Decken, Blechgeschirr, Besteck. Schere und Nadel. Und ein Erinnerungsstück, hat der Ulrici gesagt, vergiss das nicht. Beim Abschied wollt die Marie mir ihre Bibel geben, aber das wollt ich nicht, und sie hat geweint deswegen. Am letzten Tag bin ich dann zum Hahneberg hinauf und hab einen Stein mitgenommen, der unter den Eichen lag. Der Stein war rot. Dunkelrot, wie die Kastanie bei den Eltern. In der Früh bin ich aus dem Ort gefahren. Keiner stand mir am Weg, nur die Kastanie, die war mein Adieu. Der Tag kam durch den Nebel, und sie stand da und war mit Blut angeschüttet. Ich bin vorbei und fort und zur Weser hinunter. Nicht ein Mal werde ich zurückschauen, hab ich mir geschworen. Und ich habs auch nicht getan. Hinter Karlshafen standen schwarze Pferde am Fluss. Als unser Kahn vorüberkam, rannten sie mit uns mit, ihre Mähnen waren wie Banner aus Rauch.

Und jetzt beiß ich mich fest mit Zähnen und Knochen, ich lasse nicht los in der bellenden See. Kein oben, kein unten, dorthin, noch woher, geworfen wie totes Holz bin ich. Das Wasser ist zäh, es will mich hineinwehn in seinen frostigen Tod. Doch es soll mich nicht haben. Hier werd ich nicht ruhen, wo kein Land ist und keine Luft, und das Salz mich zerfetzt. Ich fluche der See, soll sie doch zerren mit Krallen und Schlingen. Ich schrei ihr meinen Namen entgegen: Ich bin Johanne, ich bin stärker als du. Erbärmliche See.

Am Tag vor dem Sturm war ein Licht im Himmel und über der See, das war so weiß, dass ich blind war. So stand ich bei den Matrosen, bis der Jürgen Hansen mich zur Seite genommen hat, und ich habe ihn ausgelacht. Ich könnt dich ja heiraten, hat er gesagt. Ja, damit du sieben Bräute hast, hab ich gesagt, aber geküsst hab ich ihn trotzdem. Und er hat gesagt, jaja, an allen Stränden hat er seine Bräute, und jede ist glücklich. Dann kam der Sturm, und der Jürgen Hansen musste hinauf in die Segel. Er stieg, und das Licht war so weiß, dass er blind war. Und er stürzte hinab in die schreckliche See. Wer im Novembersturm über Bord geht, heißt es, den braucht man nicht lange suchen. Ich stand an der Reling, und er starb siebenmal allein.

Ich klammre mich fest mit Nägeln und Blut. Mein Mund ist voll Salz und alles ist bitter. Aber die Ebbe wird kommen. Und dann werde ich kriechen, hinter die Gischt und den Strand hinan. Dann muss das Meer doch seinen Arm von mir lassen, damit die Erde mich trägt.

Mir gehört die Stunde am Morgen. Die Sonne, die Vögel, die unendlichen Felder. Mir gehört die Krume, die ich schneide und säe, mir gehören Weg, Frucht und Korn. Meine Hände werde ich in die Erde stoßen, mein Rücken trotzt Sturm und Wetter und gewaltiger See. Die Äcker werde ich brechen, und bis an den Horizont werde ich hinschauen, unter dem weiten Himmel der Schoschonen, wo die Adler gehen und weiße Pferde wie Rauch.

Ich werde bei den Schoschonen sitzen

Das Wasser wird sinken, ich seh schon die Leute, Fackeln am Ufer hinter der Gischt. Ich bin Johanne, ich hebe den Kopf, ich werd nicht untergehn.

Bei den Schoschonen werd ich sitzen, an Feuern und Schüsseln. Unter der Sonne werd ich mein Kind gebären, und es wird liegen zwischen Korn und Äpfeln, und die Luft wird nach Erde riechen. Ich werde die Pflugschar durch meine Äcker ziehen, und mein Kind wird säen, und wir werden mit Pfeilen durch die Wälder gehen zu silbernen Rehen, Fasanen und Hasen, und das gute Brot werden wir brechen bei Sonnenuntergang. Die Schoschonen weben uns Decken aus Kupfer und Steinen, aus Wurzeln und Seide, aus Silber und Feh. Darin werden wir liegen, mein Kind und ich, und ich werde erzählen: Als du noch nicht geboren warst, da lag ich mit dir in der schweren See und hielt uns fest mit Fetzen und Zähnen an einem Stück Holz, das einmal ein Schiff war.

Da hab ich geschworen, dass ich nicht untergeh.

Sein herrliches Leben lang wird mein Kind mit bloßen Füßen über die Erde gehen, wie wilde Pferde, und es wird keine Magd sein.

Bei niemandem.

\*\*\*   \*\*\*   \*\*\*

## Der vierzehnte Oktober

Seit heute Morgen gibt es keine Elefanten mehr. Der letzte, ein noch junger Bulle, dem man den Namen Maranatha gegeben hatte, starb im Zoo von Daressalam, irgendwann bei Tagesanbruch oder vielleicht sogar schon während der Nacht. Genau wird man es nie wissen.

Wir saßen beim Frühstück, als die Sondersendungen begannen. Auch von dem afrikanischen Pfleger des Elefanten wurde berichtet, der, außer sich vor Schmerz, davongerannt war, hinaus in Savanne und glühende Weite. Klara begriff das alles sehr viel schneller als ich. Und dann weinte sie. Als wären alle Schleusen und Dämme und Tore der Welt geborsten. So schreit man, wenn man untergeht. Ich wollte ihr gerade sagen, dass sie gerne das Geschirr und überhaupt alles in unserem Haus zerschlagen dürfe, wenn es ihr nur helfe. Aber genau in diesem Moment fiel mein Vater im Garten von der Leiter, und ich sagte es nicht. Mein Vater stürzte wie ein Baum.

Jetzt sind wir im Krankenhaus. Mein Vater auf der Intensivstation, Klara und ich auf einem fast leeren Flur. Weit weg von uns, eigentlich schon am Ausgang, sitzt ein junges Paar. Sie hält ein Smartphone und wischt, er schaut ihr aus den Augenwinkeln zu. Beide zappeln mit den Beinen. Klara kniet auf einem

Stuhl. Sie weint nicht mehr, sondern presst die Nase an eine Fensterscheibe. Das Glas ist von innen beschlagen, und draußen ist es so neblig, dass man von dem Park gegenüber kaum etwas sieht. Irgendein Denkmal, einen Weg, eine Allee. Klara starrt mit offenem Mund, sie ist ganz versunken. Es regnet. Vereinzelt gehen Schatten vorüber, grau und undeutlich, über eine Brücke und dann den Weg hinauf. Seegurken könnten das sein, oder Walfische. Oder einfach nur Gespenster im Trüben.

Ich friere.

Ein sehr schwerer Schlaganfall, sagt der Arzt. Er sitzt neben mir, und auch er starrt aus dem Fenster. Es ist wie in einer Straßenbahn. Seine Stimme ist rau. Und dazu der Sturz, das war schon eine Höhe. Eine kritische Operation. Da gibt es Risiken. Gravierende Folgen. Lähmung rechts vollständig, Aphasie. Günstigstenfalls. Aber sehr kritisch. Verstehen Sie das? Wir wissen noch nichts. Gegen Abend, vielleicht. Er hat einen schönen Mund, dieser Arzt. Vielleicht lächelt er viel. Nur jetzt gerade lächelt er nicht.

Das geht auch gar nicht, denn vor einer halben Stunde hat er meinem Vater den Kopf aufgebohrt und da hingesehen, wo die Seele ist. Aus so etwas muss ja ein großer Ernst kommen. Und Ruhe. Wie unter einem Mantel sitzen wir da. Ich stelle mir einen Herbstspaziergang über die Felder vor: Dunst steigt auf, und es leuchtet, und auf den Äckern brennen die Feuer.

Was ist Aphasie, frage ich, und der Arzt erklärt es mir. Klara hört auch zu. Ihre Finger sprenkeln winzige Gucklöcher über das Fenster. Kein Muster, nur irgendwelche Punkte.

Wie von einer Ladung Schrot.

Stürpt Opa jetzt auch? Sie wendet den Seegurken und Walfischen den Rücken zu und sieht mich an. In ihrem Blick ist sehr viel „ü" und „p".

Wieso auch, frage ich.

Wegen dem Elefant, sagt sie.

Sie klettert an mir hoch und seufzt in meinen Pullover. Der Arzt verstummt, und wir werden ganz ehrfürchtig, während Klara denkt. Selbst die Finger denken mit und biegen sich und häkeln und winden die Luft, es ist anstrengend. Es soll auch anstrengend sein.

Eine ganze Welt hängt daran.

Im Radio, flüstert sie in mein Ohr, im Radio war doch Opas Elefant. Der in Afrika. Und der ist auch tot.

Ach so, sage ich.

Der Arzt neben mir macht eine Bewegung. Erst denke ich, dass er weggehen will, aber es ist etwas anderes. Ich kann es nicht erraten.

Mein Vater, erkläre ich jedenfalls, war Ingenieur. Er hat Brücken gebaut, in Tansania, wissen Sie. Damals gab es noch Großwildjagden. Man ist mit Treibern in die Savanne gefahren. Mein Vater hat das einmal erlebt. Es muss entsetzlich gewesen sein. Er hat dann einen Elefanten gerettet.

Klara nickt und fängt an zu zappeln. Sie kennt die Geschichte von Opa und seinem Elefanten so gut, und sie liebt sie sehr. Sie packt den Arzt, denn jetzt will sie erzählen, und er soll, bitte schön, zuhören. Deshalb hält sie ihn so fest, dass ihre kleine Hand ganz weiß wird.

Da waren die Jäger, ruft sie, und alle waren mit Gold bewaffnet, bis an die Zähne, ganz überall, du musst es dir vorstellen, und erst haben sie gemalt und gestampft und ein Lied gesungen, und hinterher war es so rot wie Blut so schwarz wie Holz so rot wie die große große Sonne. Aber der Opa hat aufgepasst, hörst du? Und der Elefant ist gerannt, und da war Wind in seinen Ohren, und dann hat der Opa ihm das Geheimnis gesagt, wie er davonfliegen kann, und sie haben ihn nicht mehr gesehen, weil der Elefant ist weit weg davongeflogen.

Der Arzt sieht aus dem Fenster. Er lächelt immer noch nicht. Obwohl er das jetzt eigentlich könnte. Und obwohl Klara ihm ins Gesicht starrt und zappelt und hofft. Er begreift es einfach nicht. Und doch: Er muss das alles gesehen haben, vorhin, im Operationssaal. Weil Jäger und Savanne und die Flucht des Elefanten als funkelnde Bilder im Kopf meines Vaters liegen. Irgendwo, ich weiß es. Dort, wo sie nicht verlorengehen können.

Ich rieche an Klaras Haar. Sie ist zornig. Ich finde, dass sie Recht hat. Gleich wird sie wieder weinen. Sie schlägt mit der Faust nach mir und stapft davon. Zu einem Stuhl neben dem jungen Paar. Weil der weit weg ist von mir und dem Arzt. Dort reibt sie ein neues Guckloch auf die angelaufene Scheibe, mit flachen Händen. Sie hört erst auf, als das Guckloch größer ist als sie selbst.

Der Arzt steht plötzlich auf. Er sitzt wohl schon viel zu lange mit mir in dieser nebligen Straßenbahn, fast hätte er seine Haltestelle verpasst. Man kann nur warten, sagt er. Das verstehen Sie doch, nicht wahr? Später. Gegen Abend, vielleicht. Ich schicke Ihnen den Pfleger.

Ich will etwas fragen, aber da gibt er mir schon die Hand. Dann rennt er davon. Seine Gummiclogs quieken auf dem Linoleum, als zertrete er mit jedem Schritt ein grellgelbes Tier.

Klara hört das auch, sie kann auf einmal nicht mehr atmen. Ich gehe hinüber zu ihr und nehme ihre Schultern zwischen meine Hände. Obwohl sie so weit weg ist und so zornig und es nirgendwo Geschirr gibt, nicht einmal eine alte Untertasse.

Das junge Paar hat die Stühle zusammengerückt. Sie hält ihm das Smartphone hin. Er schüttelt den Kopf. Sie lachen. Wenn die Welt untergeht, sagt er, ist das bestimmt an einem Tag, den du kennst. Also, so ein Freitag zum Beispiel. Oder der vierzehnte Oktober. Was machst du? So findest du gar nichts. Leg das Ding weg. Ja, sagt sie und wischt. Da ist der Elefant wieder. Guck mal. Überall ist der. Du kannst den überall sehen.

Klara und ich sehen lieber aus dem Fenster. Im Park draußen sind keine Walfische mehr, stattdessen sehr, sehr viele Pinguine. Sie alle tragen Regenmäntel oder graue Kutten und watscheln die Allee hinauf, bis der Nebel sie verschluckt. Merkwürdig und sehr feierlich. Wie eine Prozession.

Das im Radio, sage ich, war bestimmt nicht Opas Elefant. Den hat Opa doch gerettet, und außerdem kann er fliegen.

Und dann stürpt man bestimmt nicht? Wenn man fliegen kann?, fragt Klara.

Nicht, wenn man ein Elefant ist, sage ich.

Der Pfleger kommt.

Er ist sehr groß und dünn und legt Klara eine afrikanische Hand auf die Schulter. Sie erschrickt vor ihm. Auch der Arzt ist wieder da. Erst denke ich, dass er zu dem jungen Paar will, aber das will er gar nicht. Er will zu mir.

Jetzt schon, frage ich.

Der Arzt lächelt wieder nicht. Obwohl er sieht, wie ich mich auf einmal freue. Weil wir doch gleich zu meinem Vater gehen können und nachsehen, ob der Elefant noch in seinem Kopf ist und die Savanne und die große Sonne.

Er sieht mich nur an.

Es tut mir leid, sagt er.

Er blinzelt nicht.

Bis ich in seine Augen falle wie in einen dunkelgrauen Brunnen, und dort unten ist dann gar kein Herbst und kein Acker und kein Feuer, nur nasse schwarze Erde.

Ach so, sage ich.

Weißt du noch, wie der Elefant geheißen hat, höre ich die Stimme der jungen Frau von irgendwo her. Ja, will ich sagen, natürlich weiß ich das. Aber ich erinnere mich nicht.

Mama, sagt Klara.

Gleich, sage ich. Ich sehe aus dem Fenster.

Seit heute gibt es keine Elefanten mehr. Nicht im Zoo von Daressalam und auch nicht mehr im Kopf meines Vaters.

Ich nehme Klaras Hand. Gleich werden wir nach Hause gehen. Den Flur entlang und draußen die Allee hinauf durch den Park. Das junge Paar wird am Fenster stehen und uns durch Klaras Guckloch nachsehen. Für sie werden wir nichts weiter sein als verwischte Schatten, die im Nebel verschwinden: Pinguine oder Gespenster oder irgendetwas.

Vielleicht werden wir davonfliegen. Hinaus in Savanne und glühende Weite.

\*\*\*   \*\*\*   \*\*\*

# Märchen und Fabeln

## Das politische Märchen

Wie schön es ist, hier am Flussufer zu ruhen. Kommt nur her, ich will euch etwas erzählen und nicht lügen dabei. Setzt euch, denn jetzt fange ich an:

An diesem Fluss, gleich dort drüben, wo der düstere Hain liegt, in dem die Tiere gehen und die Winde schweigen, gerade dort lag einmal eine Stadt. Die war ganz aus Glas, dass sie schimmerte in Sonne und Mond wie Adamant und Beryll. Und alle Welt kam herbei, dieses herrliche Wunder zu sehen. Die Bürger der Stadt lebten wohl und hatten viel Ding in gläsernen Truhen. Wenn sie geboren wurden, so geschah dies in gläsernen Betten, und wenn sie starben, so tat man sie in gläserne Särge. All das war für sie so gewöhnlich wie für euch die Tauben daheim auf dem Marktplatz. Und sie waren es alle zufrieden.

Eines Tages nun kam einer auf einem sarazenischen Ross durch das Tor, der trug einen Mantel von schwarzem Samt, sein Aug' war voll Feuer und sein Gebaren stolz wie das eines Königs. Sieben Tage war er in der Stadt und besah sich alle Wege und Brücken. Und weil er das Gold auf die Straße und unter die Händler streute, wurde er bald in alle Häuser geladen und sah in alle Zimmer. Wes Namens er aber sei, das sagte er nicht.

Am siebten Tag nun saßen die Ratsherren mit ihm an der großen Tafel im Saal, und er gefiel ihnen sehr, so dass sie ihm zutranken und ihn einluden, doch ganz bei ihnen Heimstatt zu nehmen.

„Das würde ich gerne", sagte er da. „Nicht grundlos bewundert man euch in allen Ländern. Jedoch, wie kommt es, dass ihr nichts als kleine Wünsche habt? Wie kann ich in eurem Städtchen bleiben wollen? Denn, wahrhaftig, es lebt sich bei euch recht nahe der Erde, und nichts wächst in eure Himmel hinan."

Da wurden die Ratsherren aufgeregt und sprangen umher und fragten, was er denn nur meinen wolle. Der Fremde aber lachte und wies mit der Hand aus dem Fenster und rief: „Seht ihr das Offensichtliche nicht? Ihr habt heimelige Häuser und zwischen ihnen jagen die Schwalben. Das ist hübsch anzusehen, aber doch nicht genug. Euch mangelt der Höhe. Euch mangelt ein Turm!"

Da waren die Ratsherren verwundert über ihre eigene Dummheit und sprachen untereinander, dass sie einen Turm bauen wollten, ganz aus Glas, denn ein solcher Schmuckbau mangele der ganzen Stadt. Und so rief man am selbigen Tage noch die Baumeister und Glasmacher und die Figurenbläser und Kristallschleifer zusammen und begann das große Werk. Alle Bürger taten freudig mit, ein jeder gab Gold aus seiner Truhe, die Kinder trugen ihr Gaffen an den großen Bauplatz, die Katzen jagten Ungeziefer, und die Hunde hielten Wache bei Tag und in allen Nächten. Der Fremde aber saß im Bürgersaale und wusste allerlei zu raten und zu unterweisen.

So wurde der gläserne Grundstein gesetzt und der gläserne Unterbau gelegt und Reihe um Reihe der gläsernen Mauern gezogen, dass es eine Pracht war. Doch alsbald schon wurde im ganzen Land und Umkreis der Sand knapp und eines Tages war kein Quarz mehr einzuhandeln und kein Kalk und keine Pottasche, und die Feuer in den Glashütten brannten ins Leere. Da gingen die Ratsherren zu dem Fremden hin, ob er nicht einen Weg wüsste, denn sie wollten des Bauens nicht eintun, weil man doch im eingeschlagenen Weg niemals irr werden soll.

Wie sie so vor ihm standen, sah der Fremde sie mit seinen heißen Augen an und lachte. „Ihr Eselstrompeter", rief er, „habt ihr nicht Holz in euren weiten Wäldern, habt ihr nicht Hütten genug, ist nicht ein jedes Ding in eurer Stadt ganz aus Glas und schimmert in Sonne und Mond wie Adamant und Beryll? Legt nur immer Kleines zum Kleinen, so wird am Ende das Große nicht ausbleiben." Da sahen sie, wo sie eben noch blind gewesen waren, und sie priesen des Fremden Weisheit. Sogleich erging ein Aufruf, es solle ein jeder etwas Glas geben, damit man es schmelze und in den Turm füge. Freudig gingen die Bürger in ihre Keller und Speicher und fanden zerbrochene Stühle und Schränke und alte Kisten und Stufen und unnütze Säulen und Wannen, das schafften sie alles in großen Körben zu den Hütten.

Weiter stieg nun der Bau hinan. Doch er war erst kaum über die Traufen der Häuser gekommen, da waren die Keller und Speicher geräumt, und es fand sich nichts Überflüssiges mehr, und der Bau stockte abermals. Wieder gingen die Ratsherren bei dem Fremden um Hilfe ein.

„Wie", sagte der zu ihnen, „wegen dieser Schwierigkeiten wollt ihr kleinmütig den Kopf hängen lassen? Wer Beharrlichkeit besitzt, sage ich euch, dem ist nichts unmöglich. Ist nicht eure Stadt ganz aus Glas, und schimmert sie nicht in Sonne und Mond wie Adamant und Beryll?" Da sahen sie, wo sie eben noch blind gewesen waren, und es erging ein Aufruf, jeder solle ein Stück von seinem Haus geben, damit man es schmelze und in den Turm füge. Da begannen die Bürger zu murren und zu tadeln, denn manchem war sein niederes Häuschen doch lieber als der prächtigste Turm.

Da eilten die Ratsherren in den großen Saal und klagten dem Fremden und riefen: „Was sollen wir nur tun? Sie wollen nicht!".

„Kurz vor dem Ende soll man nicht umkehren", sagte der Fremde, „und wo das Bitten endet, dort beginnt das Gesetz."

Und so geschah es.

Von Stund an mussten die Leute ihre Dächer und Mauern und Gärten niederbrechen, ob sie nun wollten oder nicht, und alles in den Turm geben. Und wo sie zuvor in Glanz und Glas gewohnt hatten, da lebten sie jetzt in Katen aus Lehm und unter

Schindeln aus Holz und hatten nichts. Wenn sie geboren wurden, so geschah dies auf der bloßen Erde, und wenn sie starben, so tat man ihrer ab in den Wäldern weit vor den Toren der Stadt.

Der Turm aber stieg Sonne und Mond entgegen und funkelte wie Adamant und Beryll. In seine oberste Kammer zog am Ende der Fremde ein, und in der Nacht, so wusste man, entzündete er dort im Kreise der Ratsherren ein dunkles Licht.

Nun fragt ihr mich, was aus der Stadt geworden ist?

Hier am Fluss lag sie, seht nur hin, gleich dort drüben, wo der düstere Hain liegt, in dem die Tiere gehen und die Winde schweigen.

*** *** ***

## Aus dem Krieg

Der Puslich kommt, der Puslich kommt! So rief die kleine Maddalena und sprang zur Krotten auf die Bank.

Na, woher soll er wohl kommen?

Vom Meere kommt er, mit Kraut und Lot und brüllendem Boot, und schafft bei ungültigen Leuten.

Ei, Kind, hast du ihn denn schon gesehen?

Freilich, aus dem Mittag heran mit eisernen Männern, die sitzen auf Ochsen, die haben kein Horn. Schau, schau: Der Puslich ist da!

Gott hilf, was macht er nun wohl?

Er lässt die Affen los: Da brennt mir mein Häuslein und rennt mir mein Mutter, und der Vater lacht, und die Welt liegt im Stall, bis sie krank ist und bleich.

Sag, sag, und wo hinaus sollst du?

Mit den eisernen Schelmen gen Mitternacht, da sind die Pforten aufgebracht, da singt mir im Finstern die Nachtigall.

Ei, die Einfalt!, sprach die Krotte erschrocken, und war ganz ins Wasser gesetzt. Aber was half's?

Das Kind ging doch hin mit Donnern und Klapf, ach, und wehte davon.

*** *** ***

## Nacht

In einem Dorf am Gebirge, in dem alle Leute tiefe Träume hatten, lebte einmal ein Mädchen, das hatte schwarzes Haar und hatte drei Mütter. Und alle drei Mütter hassten das Mädchen, eine jede mehr als die andere. Die eine beschimpfte es am Morgen, dass es hässlich, die zweite am Mittag, dass es faul, und die dritte am Abend, dass es voller Trotz sei.

Da sagte sich das Mädchen: An diesem Ort kann ich nichts werden, also will ich fortgehen. Und in der Nacht, als die drei Mütter im tiefen Schlaf lagen, packte es seine Siebensachen und ging und folgte dem Bach ins blaue Tal hinab.

Es lief immerfort und lief, und als es Morgen wurde, war niemand da, der dem Mädchen gesagt hätte, dass es hässlich sei. Da freute es sich und war nicht mehr müde und ging weiter, bis es in die große Stadt am Fluss kam. Dort hing es sein Gesicht in jedes Haus, um zu sehen, wer wohl darinnen wäre. Im ersten saß ein alter Mann, der war ganz blind. Im zweiten lagen neun Hunde und fraßen und bellten das Mädchen fort. Im dritten tanzten und fiedelten wilde Kinder, denen fehlte für ihren Reigen noch eines. Deshalb winkten sie das Mädchen herbei, dass es mittue, und fassten es an den Händen und sprangen mit ihm lustig im Kreis.

„Bin ich nicht schön?", fragte das Mädchen, als die Musik zu Ende war.

„Das wissen wir nicht", sagten die Kinder, „denn du hast nicht gesungen. Sing doch etwas, dann sagen wir's dir."

Das wollte das Mädchen aber nicht, und es ging weiter und aus der Stadt hinaus und wieder den großen Fluss entlang nach Süden hin.

Am Mittag setzte es sich auf einer Bank an der Straße und aß, und es war niemand da, der ihm gesagt hätte, dass es faul sei. Als das Mädchen gerade satt war, kam ein Wagen gefahren, der nahm es mit zu einer Kate am Meer. Vor der Kate war ein weißer Garten voller Rosen und Hafer. Mitten darin aber stand ein Brunnen, der trug eine Winde und einen Eimer aus Holz und Bändern. Das Mädchen trat herzu und schöpfte den Eimer und goss das Wasser im Garten aus. So fuhr es fort, bis der Tag zur Neige ging.

„Bin ich nicht fleißig?", fragte es dann.

„Das wissen wir nicht", sagten die Rosen, „denn das Wasser, das du uns gegeben hast, ist bitter, und wenn es nicht bald vom Himmel her regnet, ist uns großer Schaden getan."

Da sah das Mädchen, dass der weiße Garten ganz in Schlamm lag und der Hafer vergiftet und die Rosen verdorben waren. Und das Mädchen weinte und ließ seine Siebensachen und ging zu einem Felsen am Ufer. Von dort aus blickte es hinaus auf die weite See.

An diesem Abend war niemand da, der ihm gesagt hätte, dass es voller Trotz sei. Und gerade, als die Sonne unterging, kam aus ihrem letzten Licht ein Sperber geflogen, der nahm das Mädchen auf und mit sich fort in die Lüfte und trug es über den ganzen Himmel. Und wann immer er nach oben flog, flog auch das Mädchen hinauf, und wenn er nach der einen Seite flog, so kam das Mädchen mit, und wenn er nach der anderen Seite flog, so folgte das Mädchen ihm auch dorthin nach.

„Bin ich nicht fügsam?", fragte das Mädchen.

„Wie soll ich das wissen?", antwortete der Sperber. „Von Fügsamkeit verstehe ich nichts. Meine Fittiche tragen alle und viele, nie frage ich, ob sie sich fügen wollen. Denn folgen muss mir ein jeder ja doch." Da sah das Mädchen nach allen Seiten und erblickte am Rand der Nacht tief unter sich das Gebirge und das Dorf, das seine Heimat gewesen war, und die Leute in ihren tiefen Träumen. Es dachte an seine drei Mütter. Ihm war, als sollte es weinen.

„Was möchtest du?", fragte der Sperber.

„Hoch hinauf!", sagte das Mädchen.

Und der Sperber schwang sich mit dem Mädchen zu den Sternen empor und an ihnen vorüber in die große Dunkelheit.

Bis an der Dunkelheit Ende.

Und weiter.

*** *** ***

## Das letzte Märchen

Am Ufer des Jordan hatte ein Löwe sein Königreich. Da kam nun der Tag, da er auf Reisen gehen sollte, denn sein Sohn wünschte, sich in einem Fürstentum am Roten Meer zu verheiraten. Und alles im Reich regte sich, um goldene Stoffe zu weben und Datteln zu dörren und duftendes Öl für die Mähne des Bräutigams zu sammeln. Wie nun die Vorbereitungen voranschritten, kam es dem Löwen in den Sinn, dass der Weg zum Roten Meer weit und die Wüste eintönig sei, und es war ihm sehr leid, sein Reich verlassen zu müssen.

Insbesondere war ihm mit einem Mal, dass er nichts Wertvolleres im Leben habe als die alte Tamariske, in deren flirrendem Schatten sein Thron stand. Und er sah zu dem geschwungenen Stamm des Baumes hinauf, und das Herz wurde ihm unsagbar schwer.

Wie nun seine Gemahlin ihn so weinen sah, sprach sie zu ihm: „Da du doch unseren Sohn nicht allein reisen lassen kannst, denn das wäre sehr unhöflich, hab ich mich besonnen. Sieh, es gibt eine Maus in deinem Reich, die hat im Land der Franken alle Künste studiert, die lasse kommen, dass sie dir ein Bild male von deiner Tamariske. Das nimmst du mit auf die lange Fahrt, damit deine Sehnsucht gelindert werde."

Das kam nun dem Löwen wie ein kluger Gedanke vor, und er ließ die Maus vor den Thron rufen. Die hörte sich die Wüsche des Königs an und versprach, sich unverzüglich an die Arbeit machen zu wollen. Als Lohn für ihre Mühen aber erbitte sie, dass man ihr und ihrer Familie mitsamt allen Geschwistern und Vettern einen schönen trockenen Hügel hoch über dem Jordan überlasse. „Ei, das nenne ich frech", dachte sich der Löwe, denn wer hätte je gehört, dass Mäuse hoch über dem Jordan wohnten. Doch dann wehte der Wind um den Stamm der Tamariske, und ihr Schatten flirrte, und der Löwe seufzte und war mit allem einverstanden.

Alsbald gingen die Tage ins Land. Die goldenen Stoffe wurden gesäumt und geglättet, und schließlich hieß der Löwe, der gerne gewusst hätte, wie sein kostbares Bild vorankam, die Lerche um Botschaft aussenden. Schon vor der Stunde kam die Botin zurück und berichtete, die Maus sei nicht anzutreffen gewesen, es wisse auch seit langem niemand, wohin sie gegangen sei. „Wie wagt sich das?", dachte der Löwe, und Verdruss stieg in ihm auf.

Weitere Tage schwanden, schon waren die Datteln verlesen und in Kisten gelegt. Dem Löwen wurde das Warten sauer, und so sandte er erneut die Lerche aus. Doch wieder kehrte sie alsbald zurück und vermeldete diesmal, die Maus sei zwar in ihrer Werkstatt, jedoch sie speise und habe mit ihrer Arbeit noch nicht einmal begonnen. Da erwachte des Löwen Ärger, und er warf seiner Gemahlin schlechten Rat vor, und es war viel Gezänk zwischen ihnen.

Zu guter Letzt kam der Abend vor der Abreise heran, und des Bräutigams Mähne wurde mit Öl bestrichen, dass alles Land über dem Jordan nach Rosen und Sandel duftete. Abermals musste die Lerche nach der Maus sehen. Rasch war sie wieder zurück und flatterte und musste gestehen, dass es kein Bild gebe. Da erhob sich der Löwe und lief selbst zur Maus hin, und wer ihn sah, der drückte sich in die Gruben der Erde, so furchtbar war sein Zorn. Die Maus aber öffnete die Tür und ließ ihn ein. „Morgen in der frühen Dämmerung breche ich auf", brüllte der Löwe, „und noch immer habe ich viel Weibergeschwätz und kein Bild! Wenn du nicht sogleich dein Versprechen einlöst, so werde ich dich reißen und zerbeißen, und das ist dann dein Ende!"

„Ach", sagte die Maus. Schnell nahm sie eine polierte Tafel, tauchte einen Pinsel in einen Topf voll Farbe und setzte einen einzigen herrlichen Strich. Der Löwe erkannte darin sogleich den geschwungenen Stamm seiner Tamariske, so lebendig und schön wiedergegeben, dass er allen Grolls vergaß und ihm die Tränen aus den Augen stürzten. Die Maus lächelte, und lange standen sie so beieinander.

„Dies Bild ist wohl gelungen", sagte der Löwe endlich, „das gebe ich zu. Es war aber auch in einem Nu getan. Erst ergrimmst du mich mit Müßigsein und Faulheit, nun sei zufrieden, wenn ich dir einen Krug Käse lasse, denn selbst der ist viel bezahlt für ein so einfaches Werk."

„Ich bewundere Eure Gewissheit", sagte die Maus leise und nahm den Vorhang zu einem Nebenraum beiseite. Dort sah der Löwe auf Tischen, Stühlen, dem Boden und in den Fenstern viele, viele Tafeln liegen, überall und immer noch eine Tafel mehr, und jede Tafel trug die Linie eines Baumstammes, und keine zwei Linien waren sich gleich. „Denn", fuhr die Maus fort, „es stehen Tausend Tamarisken an den Ufern des Jordan. Lange bin ich gewandert, um sie zu sehen. Und erst, als ich eine jede von ihnen mit Sorgfalt bedacht und die Sterne befragt und meine Hand in vielen Stunden geübt hatte, erst heute Abend habe ich verstanden, was Eure Tamariske von allen anderen unterscheidet. Erst heute Abend konnte ich sie malen."

Da erkannte der König die hohe Kunst der Maus, und er schwieg und reiste, und das Bild seiner Tamariske beglückte ihn sehr auf der langen Fahrt durch die Eintönigkeit der Wüste.

Von Stund an aber wohnten die Maus und ihre Familie mitsamt allen Geschwistern und Vettern im schönen trockenen Hügel hoch über dem Jordan.

*** *** ***

## Der Mummelputz

Also gut, ich erzähl's euch. Aber nur kurz, wegen der Kraniche auf ihrem Weg nach Afrika, und wegen der Kartoffelfeuer, es gibt nämlich gar keine Ewigkeit, wisst ihr? Ich muss auch nicht viel erklären, das seht ihr ja selbst, dass ich der Vogelschreck bin, der Mummelputz, die Krähenscheu. Ich hab den Kopf voll Stroh und geh im Sack und steh im Hemd vom vorletzten Jahr. Die Blechbüchsen klappern, die Lumpen flattern, der Hut ist ein Hohn. Mein Zuhause ist der Acker, bei Sonne und Wind. Dort scheuch ich und schreck ich und groll und vertreib ich. Scharen von Krähen und schwebende Reiher, die halt ich der Erde vom Hals. Natürlich bin ich hässlich, muss ich sein, war ich immer und hab mich nie beklagt. Alles hat Größe. Selbst ein König muss abscheulich sein können, das wisst ihr genau.

Niemals bin ich jemandem gram, den ich gräme. Will nur die Kormorane mir vom Leib halten, die ungefütterten Tauben, die Maulwürfe manchmal, Wildkatzen und viele Kadaverbrut. Und alle Vögel, die sowieso da sind. Wie Staub ausgestreut. Einer muss ihr Jäger sein, so ist die Notwendigkeit, das hab ich immer gewusst. Nur manchmal, seht ihr, da weiß ich's auf einmal nicht mehr. Manchmal, wenn man in den Himmel blickt. Als könnte es noch etwas ganz anderes geben.

Ach, man soll halt nicht nachdenken müssen.

Im Frühjahr jedenfalls, da ging es noch. Da kam ein junger Hase, dumm vor Leben, der pfiff sich eins und war vergnügt im frischen Grün. Aber natürlich nicht auf meinem Acker! Ich spie ihn an, du Schädlich, du Plünderer, schau zu, dass ich dir's Fell abzieh. Da rannte er in sein Unglück. Ich blieb zurück, das Scheusal aus Schuhen und Fetzen. Die Sonne aber schien über uns beide hin, wolkenlos, und eine seltsame Reinheit war in der Luft. Ja, als wäre da etwas, und ich hätte so gerne gewusst, was?

Gut, solche Momente muss es wohl geben. Jeden ereilt es, wer kennte das nicht? Was soll ich jammern? Größe, Aufgabe, Bestimmung, das richtete mich auf. Wehe, wenn ich nicht wäre. Der Hunger regierte. Ja, was nützte all diese reine Sonne, und es gäbe mich nicht? Na bitte, seht ihr.

So gingen Tage und Monate hin mit Jagen und Klingeln, mit Plärren und Klatschen und Spiegeln und Knallen. Grüne Raben, Spechte, Wiesel, da hielt sich keiner schadlos an mir fest.

In einer Nacht im Juli dann, ich konnte gar nicht sehen, wen ich da graulte mit Fratzen und Blut und Geheule, da war der Mond auf einmal so schön. Und die Stille ging durch mich hindurch. Ungezähmt ist immer, wer schrecklich bleiben will. Wenn er denn will. Das waren Stunden bis zum Sonnenaufgang, sage ich euch, große Stunden.

Aber dann wieder Regen und Ernte, das Ungeziefer zu frech im Futter, bis zur Mahd nur noch Tage.

Wie hätte das gehen sollen ohne mich? So kam ich auch über diese schlimme Nacht hinweg, man vergisst ja doch. Wunden heilen. Und immerzu vergisst man.

Bis dann die Kraniche kamen.

Sie zogen gen Süden, spät in diesem Jahr, und hoch am Himmel, so weit fort, ich hab sie gar nicht sehen können.

Ihre Rufe jedoch, die hab ich gehört.

Und damit bin ich am Ende, und wir können auseinandergehen. Was soll ich noch sagen? Dass das Feld geschnitten wurde und das Korn fortgebracht, und dann drüben am Hang die Kartoffelfeuer. Im Rauch ist mir das reine Licht wieder eingefallen und der stille Mond und dass es gar keine Ewigkeit gibt.

Lebt wohl. Ich will fort. Ich packe meinen Koffer, und dann fahr ich nach Timbuktu.

Zu den Kranichen nach Afrika. Wo alles etwas ganz anderes ist.

*** *** ***

# Kleine Dinge

### Die Liebe in Harheim

Nudeln statt Reis und vegan unbedingt, geht es nicht schneller, heut war ein böser Tag. Die Leute hätt ich anspucken wollen. Die sechsundfünfzig mit und ohne Schinken und eilig und Wasser, Espresso! Rennen. Zahlen. Mir war der Rücken krumm. Dann bin ich heimgefahren. Aldi. Fünf Jahre in der S-Bahn, da hätt ich auch laufen können. Bei den Nachbarn brannte dann schon lange das Licht und der Streit und das Geschrei.

Ich aber rühre unsere Töpfe, und die Liebe höret nimmer auf. Heute. Meistens. Ich gehe durch jeden Tag. Wenn ich am Abgrund steh, mach ich die Augen zu, dann bist du da.

Es ist mir ganz gleich, ob du's hören willst. Ich lieb dich ja doch. Ganz und ganz und mit aller Haut.

Die Lampe über dem Herd ist schon wieder kaputt. Das Fett krieg ich nie mehr herunter. Manchmal weine ich nirgendwo ohne dich.

Vor dem Fenster schwimmen Menschen in Benzin. Wärest du nicht, ginge mir der Kopf unter. Ich bin hungrig. Die Kartoffeln müssen noch lange. So ist das Glück. Mein Liebster, nicht zu viel Salz. Niemand weiß, warum. Ich bin müde, aber die Liebe ist größer als ich. Wohin auch immer, da soll sie sein. Himmelhoch und im Gruftenreich. Als wohnten wir am hintersten Meer und ewig gingen die Wellen über uns hin.

Vorhin habe ich es auf einmal gewusst. Um viertel nach eins. Weil die Leute beim Businesslunch die schlimmsten sind. Ich bin ihre Magd. Eine Schürze ohne Gesicht. Salatteller. Der dritte Macchiato. Können Sie denn nicht dauert das Saftladen. Auf einmal habe ich es gewusst. Da war eine Wand aus Licht: Niemand, niemand kennt mich, aber du. Und alles du.

Trotzdem liebe ich dich.

Ich zerpflücke die Kräuter. Ich rühre die Töpfe. Im Spiegel stehe ich als Kind und bin mir ein Rätsel. Du aber siehst mir bis auf die Knochen. Die Kartoffeln sind hart. Salbei und Rosmarin. Der Peter und die Silie. Da siehst du, wie lächerlich ich gemacht bin. Du weißt, wie mein Herz schlägt, und trotzdem liebe ich dich.

Halt dir ruhig die Ohren zu, wenn du's nicht hören willst, ich sag's hundert und tausend und aber Mal. Bis uns beiden schwindlig ist.

Ich hacke die Zwiebel, da muss ich für Liebe weinen. Himmelsliebe, Wolkenglück. Wenn's dich nicht gäbe es dich Ich will's dir erzählen: Die Liebe freut sich und glaubt immer und hofft. Du wirst es sehen. Was auch immer geschieht, doch nicht uns. Nicht heute. Nicht in der Ewigkeit, selbst wenn ich alt sein werde und stumm. Selbst dann.

Ich kleide den Himmel mit Sonne aus und Fahnen in die Winde. Unabänderlich, mein süßer Freund!

Lass uns essen. Rosmarin und Thymian. Siehst du. Das hab ich nun ganz schlecht gemacht. Die Kartoffeln sind hart. Den Senf hab ich vergessen. Weil ich rede und rede wie eine tönende Schelle. Weil ich ganz verrückt bin und dich trotzdem liebe.

Und das höret nimmer auf.

\*\*\*  \*\*\*  \*\*\*

### Das Versprechen

Der Himmel hilf, ich habe mich beim Versprechen versprochen. Erst wollt ich, ich hätt mit allen Gebrechen gebrochen, aber nun ist es schlimmer als alles und heilt auch nicht wieder.

Der kleinen Velda hab ich gesagt, dass sie ein Engel werden kann oder Lokomotivführer oder Raumschiffkapitän oder Fee oder Kutscher und Bäcker und Maler und ganz wie sie will, wenn sie nur will.

In echt?, hat sie mich gleich gefragt. Ganz und gar, hab ich gesagt, was immer du sein willst, kannst du sein, jetzt oder später. Natürlich aber nicht irgendwann, weil irgendwann immer morgen ist, da ist man ja selber nie, deshalb wäre das dann zu spät. Das verstehe ich nicht, sagte Velda. Macht nichts, sagte ich, es kommt ja gar nicht darauf an, dass man alles versteht. Nur musst du wissen, was du willst, nichtwahrnichtwahr, weißt du es denn schon?

Jetzt gleich?, fragte Velda, und war ganz erschrocken.

Oh, dann weißt du es noch nicht?, fragte ich, ich Tor, ich Esel, ich Dummrian, so hastig war mein Verbrechen verbrochen. Denn die kleine Velda jammerte: Gar nichts weiß ich, jetzt nicht und nachher nicht und beim Abendessen schon gar nicht.

Und dann weinte sie und weinte und hörte nicht wieder auf damit, bis ihre Tränen die Straße hinunterflossen und in den Gully hinein und weg und weit bis hinunter zu Urwald und Wüste.

Aber das macht doch nichts, wollte ich trösten. Alles wird schon kommen, bestimmt, bestimmt! Und wie hüpfte mir das Herz, als die kleine Velda mich anschaute mit ihren schwarzen Augen, so dunkel wie aus Afrika. Versprochen?, schniefte sie und wollte ein wenig lächeln. Und da, ach Gott, da nahm ich sie an mein Herz und nickte, ja, ja, für dich dreimal geschworen und fest wie die Sonne und ewig versprochen.

Der Himmel hilf.

\*\*\*   \*\*\*   \*\*\*

### Die Greisin

An dem Freitag, an dem der junge Mann die in einer U-Bahn-Station neben ihm stehende Greisin gepackt und offenbar in das Gleis hatte schleudern wollen, schien es allen, die es sahen, als seien seine Bewegungen zuerst vor Kraft mühelos gewesen. Ganz so, als habe er nur einen grauen Zweig gegriffen, den er leicht nach seiner Laune drehen und werfen zu können meinte. Und dennoch, das berichteten später mehrere Zeugen ganz unabhängig voneinander, sei ihm das plötzlich merkwürdig unmöglich gewesen. Im Gegenteil sei er selbst auf einmal angehoben und durch die Luft gezerrt worden, als fasse etwas Unsichtbares nach ihm. Weil niemand eine andere Erklärung finden konnte, glaubte man, die Greisin selbst habe den jungen Mann mit, dann freilich ganz unerklärlicher, Wucht gestoßen. Er sei jedenfalls mit so viel Gewalt ins Gleisbett gefallen, dass er zwischen Schotter und dahinstiebenden Ratten schon zerschmettert gewesen sei, bevor, kaum zwei Sekunden danach, der einfahrende Zug ihn endgültig in nicht mehr identifizierbare Stücke zerrissen habe.

\*\*\*   \*\*\*   \*\*\*

## Größenwahn

Der Erste ist der Beste und der Schnellste gewinnt, immer noch. Wer vor allen anderen kommt, ist jedoch allein, damit muss man erst mal leben können.

Dem Höchsten bleibt die dünnste Luft, wenn etwas aufhört, ist er der Erste, der erstickt. Aber wer denkt schon daran, wenn er eilt und drängelt und hadert und nutznießt und die Mitstreiter zum Gegner nimmt.

Der Schönste bleibt es nicht, weshalb, wenn er nicht achtgibt, er leicht der Verbittertste werden kann. Wer am Weitesten gekommen ist, braucht lange, bis er wieder zuhause ist.

Der Klügste ist indessen meist der, der am wenigsten gehört wird, und der Stärkste wird vor lauter Kraft zum Dümmsten, ohne dass es noch auffiele.

Der Mächtigste - auch das scheint ein Geheimnis - ist am Ende nicht unbedingt der, der den meisten Schaden anrichtet, ausnahmslos aber der, der den größten Schaden genommen hat. Nicht vergebens belauert die Intrige die Fallstricke des Aufstiegs.

Aber gesegnet ist nicht der, der sich im weißen Rauch feiern lässt mit Glanz und Ornat, sondern der, der den schmalen Weg geht, einen unbekannten Berg hinan, dessen Gipfel er womöglich tatsächlich erreicht. Womöglich aber auch nicht. Wer sollte das jemals erfahren, denn ihn, den Glücklichen hat niemand gesehen und bejubelt oder jemals gestürzt.

*** *** ***

## Was auf uns zukommt

Heerscharen von Menschen, bunt, betörend, ausgelassen. Sie eilen heran und lachen und klirren. In offenen Händen tragen sie Käsekuchen und Korianderbrot. Auch eine Gruppe junger Hunde jagt mit ihnen daher, vierundzwanzig Kätzchen und, ganz hinten, drei weiße Pferde in silbernem Geschirr. Ein Einhorn, hellblau, schwebt über allem.

Wenn sie auf uns zugekommen sein werden, werden auch wir zu lachen beginnen, und wir werden miteinander im Gras liegen und rosa Limonade trinken, und vor lauter Glück werden wir gar nicht wissen, ob wir noch am Leben sind oder schon im Paradies.

\*\*\*   \*\*\*   \*\*\*

### Das Feld

Den allerletzten Tag verbringen wir im Bunker 46, unter der Erde, Ebene K. Wir sind zu neunt und haben uns geeinigt, dass wir die Uhr anhalten. Niemand will dem Tod ins Gesicht sehen, einen Countdown zählen wie an Silvester.

Wir werden nicht überleben.

Ob wohl jemand Geburtstag hat an diesem letzten Tag? Hochzeitstag? Geboren wird in der letzten Sekunde? Oder gerade eben nicht mehr geboren wird? Was davon wäre schlimm? Die Welt gar nicht mehr gesehen zu haben, bevor sie untergeht?

„Stell dir vor," sage ich zu Amanda.

Sie hat vorhin mit mir gestritten, ich weiß nicht mehr, warum. Ich muss sie mit den Armen festhalten wie eine Gefangene.

Sie starrt auf die Betonwände oder zählt die Fliesen an der Decke.

„Stell dir vor, wir gingen einen Hügel hinauf", sage ich in ihr fortgewandtes Gesicht, das ich doch nicht aus meinem Blick lassen darf. Damit ich es bis zum Ende noch sehe.

„Mach die Augen zu", sage ich, „dann geht es besser."

Irgendwann, das haben sie uns gesagt, wird der Strom ausfallen. Das Licht wird ausgehen.

Wie sonst?

Mit dem Licht hat es angefangen, und nun wird es auch aufhören damit.

„Auf dem Hügel ist ein Feld", sage ich. „Wir gehen durch ein Feld von Sonnenblumen. Sie sehen uns entgegen, wie eintausend Gesichter, und du bist die Sonne."

Amanda beißt an einem Fingernagel herum. Dann seufzt sie und schlägt mir gegen die Brust.

„Was sind Blumen?", fragt sie.

„Duft", sage ich, „Wind und Erde. Niemand hat sie gemacht. Sie waren einfach da."

„Wo?", fragt Amanda.

„Wir gehen den Hügel hinauf", sage ich, „durch die Sonnenblumen. Das Feld ist voller Hitze, Bienen summen, Käfer krabbeln, Blätter kratzen unsere Schultern, der Schweiß brennt uns im Gesicht. Wir trinken die Sonne, und der Himmel ist blau vor Glück. Bis zum Horizont gehen wir, und alles ist Verheißung."

„Warum darf ich heute nicht zur Schule?", fragt Amanda.

„Und oben", flüstere ich, „am Ende des Hügels, stehen drei schwarze Bäume. Kühle, feierliche Zypressen sind es."

„Baumgeschichten sind blöd", sagt Amanda, „ich bin doch kein Baby mehr."

„Aber sie warten auf uns", sage ich, „sie sind die Wächter des Großen Tors. Sie werden mit uns kommen, und wir dürfen in ihrem Schatten gehen."

Ich lächle.

Das Licht geht aus.

„Oh", sagt Amanda und atmet an meiner Wange.

„Mach die Augen zu", sage ich.

\*\*\*   \*\*\*   \*\*\*

### Der Bien

Der Imker erzählt: Wenn der Bien schwärmt, bleibt die junge Königin im vertrauten Nest zurück, und es ist die alte, die in die ungewisse Zukunft geht.

Mit ihr ziehen jene, die aufbrechen wollen. Kein Mensch hat jemals herausgefunden, warum gerade sie, während so viele andere bleiben. Eine leichtfertige Entscheidung ist es jedenfalls nicht, denn schon lange vor dem Ausschwärmen beginnen jene, die fortgehen werden, mit den Vorbereitungen. Sie sammeln in ihren Körpern Nektarvorräte an, genug, um ein paar Tage zu überstehen.

Am Schwarmtag verlassen sie dann die sichere Heimat. Dreißigtausend, vierzigtausend können es sein, eine dunkle, summende Wolke, mächtig, ungeheuerlich. Wer sie gesehen hat, erinnert sich ihrer ein Leben lang. Sie brechen auf, ohne zu wissen, wohin.

Vorerst kommen sie nicht weit.

Ganz in der Nähe ihres aufgegebenen Palastes setzt die Königin sich nieder, auf einem Ast, einer Mauer, einem wahllosen Platz. Dort beginnt sie zu warten, und mit ihr die Dreißigtausend-Vierzigtausend. Es ist wahrhaftig ein Auszug ins Nirgendwo. Sie drängen sich aneinander. Sie schlafen nicht, sie ruhen nicht. Großes steht bevor, und sie warten auf ein Zeichen.

Dann machen sich die wenigen Auserwählten auf den Weg. Dies ist ihre Stunde: Eine Handvoll Spürbienen fliegt die Umgebung ab, jede von ihnen wählt eine andere Richtung, jede für sich allein hält Ausschau nach neuen Ufern. Hat sie etwas Aussichtsvolles entdeckt, kehrt sie zum Lager zurück. Dort berichtet sie jedoch nicht der Königin und auch nicht dem ausgezogenen Volk. Sie schweigt, bis alle Spürbienen zurück sind, erst dann und nur untereinander berichten sie: Was jede Einzelne vorgefunden hat, wie weit ihr Weg war, wie viel sie versprechen kann. Gemeinsam treffen sie untereinander eine Vorauswahl, gemeinsam fliegen sie dann ein zweites oder drittes oder zehntes Mal, prüfen die aussichtsreichsten Orte, und schließlich fällt unter ihnen, den Auserwählten, die Entscheidung für die Königin und das gesamte Volk. Wieder weiß niemand, auf welche Weise das geschieht. Man kann nur beobachten, dass die Spürbienen schließlich den Schwarm, mit Manövern, als treibe ein Schäferhund seine Herde, zu dem besten der erkundeten Plätze geleiten.

So gelangen sie ins Gelobte Land, in das sie ohne Triumph einziehen, ohne Meere zu teilen und Kriege zu führen, und in dem sie bleiben werden, so Gott will, ein Jahr lang und einen Tag.

*** *** ***

**Memorabilia**

## 1 Kaventsmänner

Stell dir vor: Gestern Nacht bin ich zwei Elefanten begegnet, erzählte ich meiner Freundin am Telefon.

Nicht möglich, antwortete sie.

Es war aber doch möglich. Ein Zirkus war nämlich angereist, und weil der Festplatz abgelegen und in der Nacht menschenleer war, hatte man die Elefanten losgelassen, damit sie spazieren gehen konnten. Und weil ich selbst in dieser Nacht ebenfalls auf dem Festplatz spazieren ging, waren wir uns ganz wirklich und wahrhaftig begegnet.

Ich ärgerte mich ein wenig über meine Freundin.

Mit einem gewissen Nachdruck erzählte ich ihr deshalb von den Kaventsmännern, riesigen Wellen, die sich aus moderatem Seegang heraus unerklärlich auftürmen, steil wie Mauern, Dutzende von Metern hoch, und die selbst moderne Schiffe wie Spielzeug zertrümmern.

Seit Jahrhunderten erzählten die Seeleute, sie hätten diese Wellen gesehen, und seit Jahrhunderten traute man ihren Erinnerungen nicht. Seemannsgarn sei das, Ausreden, Aberglaube und Phantasterei. Die Wissenschaft habe berechnet, dass solche Wellen den physikalischen Gesetzen widersprächen, es könne sie also gar nicht geben.

Seit dem ersten Januar 1995 gibt es sie nun aber doch, ganz offiziell. In jener Neujahrsnacht schlug eine Welle gegen die norwegische Ölbohrplattform Draupner-E, und die dort angebrachte automatische Messanlage erwies, dass diese eine Welle fast doppelt so hoch gewesen war wie eigentlich von den physikalischen Gesetzen erlaubt.

Seither hat man hunderte dieser Wellen für möglich gehalten und also erforscht. Wobei bis heute ihre Entstehung von der Wissenschaft nicht verstanden ist. Ich muss zugeben, dass mir gerade das sehr gefällt.

Das sagst du nur, wandte meine Freundin ein, weil du die Wissenschaft nicht magst.

Doch, antwortete ich, ich mag die Wissenschaft sogar sehr. Und dennoch traue ich meinen Erinnerungen.

*** *** ***

## 2  Die Nonne

Vor einigen Jahren fuhr ich zu einer Fastenkur in den Westerwald. Ich hatte noch nie zuvor gefastet und reiste voller Bedenken an. Als Unterkunft war das Gästehaus am Kloster Waldbreitbach vorgesehen, das auf dem Kapellenberg hoch über dem engen Tal der Wied liegt. Ich hatte den Bus genommen, der unten im Tal hält, und war entschlossen, den Weg zum Kloster hinauf zu Fuß zurückzulegen. Über den nicht unerheblichen Höhenunterschied hatte ich mir allerdings keine Gedanken gemacht. Ich war zu der Zeit übergewichtig und in schlechter Verfassung. Zudem war es Februar, mein Rucksack schwer und der steile Pfad durch den Wald so vereist, dass mir schließlich nichts anderes übrigblieb, als auf Knien zu kriechen und mein Gepäck dabei mit den Händen vor mir herzuschieben. Da ich außerdem in Vorbereitung auf das Fasten so gut wie nichts zu mir genommen hatte, war es ein bitterer Aufstieg. Immer wieder kamen mir vor Erschöpfung die Tränen. Von meiner Unternehmung ablassen wollte ich aber auch nicht.

Während meines dann anschließenden Aufenthaltes erfuhr ich folgende Geschichte:

Die Anfänge des Klosters liegen in einem einfachen Wohnhaus mit Krankentrakt, das die spätere Ordensgründerin Margaretha Flesch Mitte des neunzehnten Jahrhunderts auf dem Kapellenberg errichtete. Das felsige Gelände hatte sie zuvor günstig erworben, die Bauarbeiten führten sie und eine Handvoll Mitstreiterinnen eigenhändig aus. Die Steine für die Mauern schleppten sie, wegen anderer Verpflichtungen oft spät und bis in die Nacht hinein, auf dem bloßen Rücken einen steilen Pfad hinauf, der den Ort Waldbreitbach mit dem Kapellenberg verbindet und der heute Kreuzweg genannt wird. Es ist übrigens gerade der Pfad, den ich am ersten Tag der Fastenkur entlangkroch.

Margaretha Flesch verknüpfte mit dem Bau der Krankenstation den Wunsch, eine Klostergemeinschaft zu begründen. Eine dahingehende Berufung hatte sie bereits als Kind vernommen. Das Fundament der Gemeinschaft hatte sie in langen Jahren gelegt, in welchen sie mit ihrer behinderten Schwester in einer Eremitenklause am Ufer der Wied gelebt, Kräuter gesammelt und im weiten Umkreis heilend gewirkt hatte. Die Erfüllung blieb ihr jedoch lange verwehrt. Bei der Pfarrei und den in Frage kommenden Franziskanern fand sie keine Unterstützung, im Gegenteil musste sie sogar ihre Klause an der Wied räumen, um den Brüdern eines kurz zuvor am gleichen Ort ganz selbstverständlich gegründeten männlichen Franziskanerordens Platz zu machen.

Das Haus auf dem Kapellenberg wurde dennoch errichtet. Nach zwölf beharrlich durchgearbeiteten Jahren erhielt der Orden schließlich seine Statuten, und Margaretha Flesch, die den Ordensnamen Maria Rosa angenommen hatte, wurde zur Generaloberin gewählt. Nach neun weiteren Jahren, in deren Verlauf über zwanzig Filialen der Gemeinschaft gegründet worden waren, verlor sie ihr Amt dann aufgrund der Intrigen eines missgünstigen Rektors, der eine ihm genehmere Frau an die Spitze des Ordens stellte und Rosa Flesch auf die unterste Stufe des Klosterlebens verwies. Was genau vorfiel, habe ich nicht herausgefunden, es müssen aber starke Emotionen im Spiel gewesen sein. Die Unterlagen der Klostergründerin wurden jedenfalls später vernichtet, und um ihre Person entstand bereits zu Lebzeiten ein eigenartiges Stillschweigen. Ihre frühere Bedeutung kam nicht wieder zur Sprache, die Erinnerung daran verblasste. So wirkte sie im Alter unerkannt als einfache Schwester im Kräutergarten unterhalb der Klosteranlage. Dass sie die Begründerin der Gemeinschaft war, wusste und erfuhr niemand mehr.

Auch wenn Rosa Flesch viele Jahre nach ihrem Tod alle Anerkennung und schließlich sogar die Seligsprechung erfuhr, hat mich doch das Rätsel dieser am Ort ihrer großen Lebensleistung durch Missgunst wie verschütteten Frau nicht losgelassen.

Ebenso wenig wie das Bild einer schmalen Gestalt, die in einer mir immer fremden Gewissheit durch viele Nächte hindurch unaufhörlich und mit Steinen beladen den steilen Kreuzweg zum Kapellenberg hinaufsteigt.

Mein vereister Anreisetag war übrigens genau ihr Geburtstag, der vierundzwanzigste Februar.

\*\*\*   \*\*\*   \*\*\*

### 3  Das blaue Glas

Eine Zeitlang wohnte ich auf dem Land und pendelte mit dem Bus in die Stadt. Das waren die zwei wunderbaren Jahre, als ich in Frankfurt Theater spielte. Ich als Amateurin gehörte zu einem semi-professionellen Ensemble und nahm die Sache überaus ernst. Vor allem mochte ich die Menschen, mit denen ich spielte. Der Freund, an den mich das blaue Glas erinnert, gehörte zu diesem Ensemble. Er war ein schöner, sehnsüchtiger Mensch. Ich liebte ihn wie etwas Zerbrechliches.

Also: An einem verregneten Tag saß ich im Bus, wir waren eigentlich schon in der Stadt, standen aber wegen einer Dauerbaustelle im Stau. Entnervt starrte ich auf die beschlagene Scheibe und die Tropfen, die an der Außenseite herunterruckelten.

Auf dem Bürgersteig gegenüber entdeckte ich einen Glascontainer, einen halbrunden Behälter mit drei Abteilungen, in die man das Glas nach den Farben Weiß, Grün und Braun sortiert einwerfen sollte. Im strömenden Regen davor ein Kind mit Anorak und Kapuze. Es trug einen Korb mit Altglas. Darin grüne Weinflaschen, durchsichtige Gurken- oder Obstgläser, dunkelbraune Ölflaschen, etwas Gelbliches für den ortsüblichen Apfelwein war, wie ich mir heute einbilde, auch dabei. Das Kind nahm nun ein Stück nach dem anderen heraus, hielt es prüfend in die Höhe und warf es nach einigem Nachdenken in die für die jeweilige Farbe vorgesehene Öffnung.

Mein Bus war inzwischen keinen Meter vorangekommen, aber anstatt mich zu ärgern, beobachtete ich das Kind. Seine langsame Sorgfalt faszinierte mich. Jedem Glas schenkte es seine vom üblen Wetter völlig unberührte Aufmerksamkeit. Das durchsichtige Weißglas ging ihm flüssig von der Hand, die Unterscheidung nach Braun oder Grün fand es offenbar schwieriger, dann zögerte es manchmal, bevor es die Flasche einwarf. Der Regen ließ unterdessen nicht nach, ich schaute zu, der Bus stand zehn Minuten oder mehr.

Schließlich war nur noch eine Flasche übrig. Damals waren exquisite Mineralwässer gerade sehr in Mode, die in ungewöhnlich geformten, blauen Flaschen daherkamen. Und genau eine solche bauchige, leuchtend coelinblaue Wasserflasche hatte zuletzt am Boden des Korbes gelegen. Das Kind hielt sie sich vor die Augen, wandte sich dann den Containeröffnungen zu, als zählte es sie ab, weiß, grün, braun. Dann betrachtete es erneut die Flasche, ging um den Container herum, als meinte es, auf der anderen Seite doch etwas anderes als braun, grün und weiß finden zu können. Als es wieder hervorkam, hielt es die Flasche noch immer, stand im Regen, hob probeweise die Hand über den weißen Einwurf, zog sie jedoch zurück, ohne das Glas eingeworfen zu haben und schaute schließlich die Straße entlang, als erhoffe es die

Hilfe irgendeines Passanten. Diesen Moment habe ich als Bild gutwilliger Verzweiflung noch heute vor Augen.

Ich weiß nicht, wie die Sache ausging. Ich kann mich jedenfalls nicht erinnern, dass das Kind die blaue Flasche eingeworfen hätte. Wahrscheinlich blieben Kind und Container reglos zurück, während mein Bus anfuhr.

Einige Tage später traf ich meinen sehnsüchtigen Theaterfreund auf einer Probe, und sobald ich ihn sah, wusste ich, dass die kleine Begebenheit mit dem Kind ihm gehörte. Und richtig nickte er ein wenig traurig, als ich sie ihm berichtet hatte, und sagte, ja, genau so sei er, so ein blaues Glas, das nirgendwo hinpasse. Er gebe sich aber Mühe.

Was aus ihm geworden ist, weiß ich nicht. Irgendwann spielte ich nicht mehr, wir haben uns aus den Augen verloren. Manchmal denke ich an ihn, immer wünsche ich ihm Gutes. Niemals jedoch weiß ich, was dieses Gute wohl wäre: Ein Container, der auch eine Abteilung hätte für das blaue Glas? Oder vielleicht etwas ganz anderes.

*** *** ***

## 4  Der Blinde

Über mehrere Jahre besuchte ich sehr häufig ein Kloster im Fränkischen. Es war eine Schwesterngemeinschaft, die Urlaubsgäste beherbergte, aber auch Exerzitien für Laien anbot. Bei einem meiner Aufenthalte erzählte eine der Schwestern die folgende Geschichte:

Ihr Bruder war Arzt. Einer seiner Patienten, ein im Laufe seines Lebens erblindeter Mann, musste sich eines Tages einer sehr schwierigen Operation unterziehen. Während des Eingriffs gab es Komplikationen. Das Herz des Blinden hörte auf zu schlagen, er atmete nicht mehr und war, nach allgemeinem Ermessen, tot. Die Ärzte kämpften jedoch um sein Leben, und tatsächlich gelang es nach einer gewissen Zeit, ihn zurückzuholen, und er erholte sich.

Später erzählte der Blinde seinem Arzt, er habe sich während der Krise außerhalb seines Körpers befunden. Und er habe sehen können. Er habe zum Beispiel sich selbst auf dem OP-Tisch liegen sehen, aber auch alles andere habe er sehr wohl und in allen Einzelheiten betrachtet. Sogar die Blumen, die jemand in einem Vorraum des OP-Bereichs in eine Vase gestellt hatte, habe er sich angeschaut. Schließlich sei er dann wieder in seinen Körper zurückgekehrt, und von diesem Moment an sei er wieder blind gewesen und auch blind geblieben.

Die Blumen in der Vase habe er jedoch, als er aus der Narkose erwacht war, genau beschreiben und benennen können, und das verblüffte Pflegepersonal habe ihm bestätigt, ja, gerade diese Blumen hätten am Tag seiner Operation tatsächlich dort gestanden. Als Lebendem wären sie ihm entgangen. Als Toter hatte er sie sehen können.

Nachdem die Schwester diese Geschichte erzählt hatte, sprach sie etwas beiläufig ihre Gedanken dazu aus: Dass wir nämlich, was auch immer uns im Leben geschehe, trotz aller Verletzungen und Verluste, im Innern so vollständig und heil blieben, wie Gott uns erschaffen habe.

Dies ist ein ganz und gar tröstlicher Gedanke.

\*\*\* \*\*\* \*\*\*

## 5 Margit

Viele Orte sind düster. Wer sie nie betreten hat, kann sie nicht begreifen. Niemand könnte sie erklären.

Vor Jahrzehnten traf ich eine Frau, die in ihrer Kindheit alle Grausamkeiten durchleben musste, die unsere westliche Welt für Kinder bereithält. Es fielen keine Bomben auf ihr Elternhaus, und wahrscheinlich hungerte sie auch nicht, aber alles andere geschah ihr, schwerer Missbrauch, Prügel, Vernachlässigung. Sie schleppte ihre Seele durchs Leben wie durch ein Kriegsgebiet.

Ich erinnere mich, dass sie blonde Haare hatte und breite Schultern, sie wirkte wie eine Tennisspielerin. Ja, sie hatte sehr viel Kraft. Eines Abends, erzählte sie, nach der Arbeit, habe sie vor dem Fernseher gesessen und dann, einfach so, aus dem Nichts heraus, nach einer Stange oder einem Stiel gegriffen und sich damit so heftig gegen den Arm geschlagen, dass der Knochen brach.

Da war sie wohl, mitten in unserem friedlichen Land, auf eine Granate getreten.

Wenn ich an sie denke, fürchte ich, dass sie nicht mehr lebt. Dass sie sich von einem Haus gestürzt hat oder auf irgendeine andere Weise untergegangen ist zwischen Gewehren und Stacheldraht. Während ich schreibe, weiß ich aber, dass sie in meiner

Stadt wohnt, nicht allein, sondern mit drei Kindern. Und wenn ich im Mai durch den Park gehe, stelle ich mir manchmal vor, ich wäre ihr begegnet.

*** *** ***

## 6  Die Helden

Eines meiner vielen Projekte war eine Sammlung von Karteikarten, auf denen ich die Namen von ganz alltäglichen Menschen vermerkte, deren Handlungen mir erinnerungswürdig schienen. Hätte ich damals Bonhoeffers Konzept der Gemeinschaft der Heiligen schon gekannt, hätte ich meine Karteikarten wohl als eine unbeholfene Suche nach diesen Heiligen verstanden. Lange habe ich das Projekt übrigens nicht verfolgt, denn als ich die Karten unlängst einmal durchsah, waren es insgesamt weniger als ein Dutzend.

Mit Namen wie Wendy Davies oder Christiane Schott wusste ich gar nichts mehr anzufangen, andere habe ich dann gegoogelt. Etwa Inge Hannemann, Mitarbeiterin eines Jobcenters in Hamburg-Altona, die wegen ihrer Kritik an Sanktionen gegen Hartz-IV-Empfänger selbst vom Dienst freigestellt wurde. Oder Sara Dahlem, die als junge Frau in einem Krefelder Fotogeschäft arbeitete, kinderpornografische Aufnahmen zur Anzeige brachte und daraufhin ihren Job verlor.

Auch Erdem Gündüz hätte ich googeln müssen, wäre nicht seiner Karte ein damals getweetetes Foto beigefügt gewesen, das mir auf die Sprünge half. Man sieht, nachts und unter südländischem Straßenlicht, einen großen Platz, darauf von hinten aufgenommen einen jungen Mann, der in weißem Hemd und dunkler Hose, einen Rucksack neben sich, aufrecht dasteht. Die Hände hat er in die Hosentaschen gesteckt, sein Blick geht geradeaus auf die Fassade eines modernen Zweckbaus, an dem eine riesige türkische Fahne und ein ebenso riesiges Porträt Kemal Atatürks hängen.

Es ist der stehende Mann, der Duran Adam, der im Juni 2013, nur wenige Tage vor der gewaltsamen Räumung des Taksim-Platzes in Istanbul, durch seine schweigende Unübersehbarkeit zum Symbol des Protestes gegen die sich anbahnende Diktatur in der Türkei wurde. Ich erinnere mich, wie beeindruckt wir vom Mut dieses einen Mannes waren, von der Bannkraft dieses stillen Dastehens, die allein doch hätte ausreichen müssen, um sein von uns so weit entferntes Land zu retten.

Erdem Gündüz stand dort nicht länger als einige Stunden. Das Bild wurde weltweit verbreitet, mehr geschah nicht. Das Symbol blieb ohne Revolution, die Bewegung versandete, der Augenblick war verpasst, und vermutlich wird auch das Bild des Duran Adam in einigen Jahren vergessen sein.

Aber noch hängt es in meiner Wohnung und mahnt mich an all jene, von denen wir nicht wissen, die unerkannt und vergessen sind und deren Dasein vergeblich bleibt, wenn nicht ganz andere Augen als die unseren es ansehen.

*** *** ***

## 7 Der schwarze Prinz

Anfang der 1980er Jahre waren mein älterer Bruder und ich in der Friedensbewegung engagiert. Oft besuchten wir gemeinsam Festivals und andere Veranstaltungen. Da wir außerhalb der Stadt wohnten, noch keinen Führerschein und auch kein Geld für ein Taxi hatten, kam es vor, dass wir nachts die mehreren Kilometer zu unserem Elternhaus zu Fuß gingen. Auf dem Weg führten wir unsere Diskussionen über Gott und die Welt fort, wir waren noch keine achtzehn und natürlich voller Ideale und Besserwisserei.

In einer dieser Nächte, es war Sommer und die Luft sehr warm, sprach uns noch in der Stadt auf der sonst menschenleeren Straße ein Mann an. Er musste bereits eine Zeitlang hinter uns hergelaufen sein, denn er nahm Bezug auf das, was mein Bruder gesagt hatte, widersprach mit vehementem Ernst und bot uns an, das Gespräch in seiner Wohnung fortzuführen. In meiner Erinnerung war dieser Mann nicht mehr jung und in der Ausstrahlung heruntergekommen und bedrohlich, heute denke ich, dass er ein berufsmüder Lehrer war und nicht viel älter als Mitte dreißig. Mein Bruder jedenfalls nahm den ihm hingeworfenen Fehdehandschuh auf, und ich musste natürlich mitkommen, obwohl ich sehr müde war und mich vor diesem Lehrer fürchtete.

Ich habe übrigens Jahre später versucht, das Haus, in das wir gingen, wiederzufinden. Es gelang mir nicht, obwohl ich sicher war, mich richtig an den Straßennamen und sogar die Ecke zu erinnern, an der es gestanden hatte.

Wir saßen dann bis zum Morgengrauen in einer engen, unordentlichen und schmutzigen Küche. Der Lehrer, der vielleicht allein wohnte, kochte Kaffee, und er und mein Bruder diskutierten über Widerstand und Revolution. Der Lehrer berichtete, er schreibe nahezu täglich Briefe und beschwere sich über all das Arge, in dem die Dinge ja immer lägen, mein Bruder lachte darüber, das führe doch zu nichts, sei kleinbürgerlich, und wahre Veränderung verlange radikalere Maßnahmen. Der Lehrer wiederum fand meinen Bruder kurzsichtig oder auch naiv, er zeigte ihm gegenüber eine etwas spöttische Herablassung. Er belehrte ihn, er war der Ältere, Erprobtere, und ich begriff, ohne wirklich interessiert zu sein, dass er in der Oberhand war. Er wirkte alt, war bitter, gescheit, sehr eloquent, und es war mir ein Rätsel, warum er sich mit meinem doch sehr durchschnittlich argumentierenden Bruder die Nacht um die Ohren schlug.

Ich beteiligte mich nicht an der Auseinandersetzung, sondern starrte die ganze Zeit über wortlos auf die Hände des Lehrers. Auf dem Rücken der rechten zeigten sich im Abstand von etwa einem oder zwei Zentimetern zwei kleine Wunden, kreisrunde Löcher mit frischem Schorf, wie ausgestanzt.

In dieser düsteren Küche zwischen Nacht und Tag kam mir, indem ich eine Tasse Kaffee nach der anderen trank, als einzige Erklärung für diese Wunden ein Vampirbiss in den Sinn. Ich war abgestoßen und gleichzeitig unglaublich fasziniert. Der Lehrer saß links von mir, und er schrieb, während er redete, mit eben dieser verletzten Hand einige Wörter auf ein aus einem Ringbuch gerissenes kariertes Blatt.

Als es dämmerte, brachen wir endlich auf. Mir war mittlerweile schlecht vor Übernächtigung. Uns stand noch ein kilometerlanger Marsch bevor, und vielleicht um mich aufzumuntern, sprach der Lehrer mich, als wir bereits in der Diele standen, zum ersten Mal direkt an.

Er fragte mich, ob ich den kleinen Prinzen kennen würde. Ich nickte, das Buch von Exupéry bedeutete mir damals sehr viel. Der Lehrer nickte auch. Dann habe er eine wunderbare Nachricht für mich, sagte er: Er habe ihn (den kleinen Prinzen) gesehen, der auf einem Brunnen gesessen und ganz schwarze Haare gehabt habe. Dann drückte der Lehrer mir das Blatt in die Hand, das er in der Küche beschrieben hatte, und mein Bruder und ich gingen. An den Rückweg erinnere ich mich kaum, nur dass wir an irgendeiner Kreuzung einmal stehenblieben, da war es bereits heller Tag.

Auf dem karierten Blatt stand folgender Satz: „Die materielle Seite ist die Verbindung zwischen Zweien." Ich habe es irgendwann verloren. Überhaupt scheint mir heute, als habe die ganze

Begegnung in der Wirklichkeit nie stattgefunden. Gleichzeitig bin ich bis zur jetzigen Stunde der festen Überzeugung, dass der Lehrer meinen Bruder nur deshalb angesprochen und ihn nur deshalb in ein so langes Gespräch verwickelt hatte, weil er mir dieses Blatt geben sollte, auf dem sich die Grundaufgabe meines ganzen Lebens darbot, die ich weder damals begriff noch jemals werde lösen können.

*** *** ***

## 8  Em Beys

Eine meine ersten Bergwanderungen führte mich in einem August von Ax les Thermes aufwärts, ich glaube Richtung Dent d'Orlu, zu einer weit über der Baumgrenze liegenden Berghütte, die Em Beys hieß. Der Aufstieg war unsagbar anstrengend. Noch heute kann ich mich an jeden Stein und jede Wegkehre erinnern, und als ich mit mehreren Stunden Abstand als Letzte ankam, war ich weit über das Ende meiner Kräfte hinaus.

Em Beys lag an einem dunklen See, umgeben von kahlen Felsen und Gipfeln, die Hütte war klein und karg eingerichtet. Man wusch sich im Freien mit kaltem Wasser und schlief auf an die Wand geschraubten Brettern. Ich schleppte mich die Stufen zum Eingang hinauf, legte meinen Rucksack ab, sah mich um - und dann war alles vergessen: die Anstrengung, die Erschöpfung, der Hunger. Im winzigen Gastraum stand in ganz unglaublicher Weise ein Klavier. Ein poliertes schwarzes Klavier mit Kerzenständern und samtbezogenem Hocker. Sogar Noten standen darauf, die Jahreszeiten von Tschaikowsky. Aufgeschlagen war der Juni. Ohne ein Wort zu sagen, setzte ich mich hin und fing ich an zu spielen.

Die Hütte wurde von zwei jungen Männern betrieben. Einer von ihnen kam sofort herbeigeeilt, als er die Musik hörte, stand dann ehrfürchtig neben mir und erklärte, er übe jetzt schon seit drei Monaten, aber so weit wie ich habe er es noch nicht gebracht. Er schenkte mir ein Glas Kaffee ein, auf Kosten des Hauses, aber ja, für die Musik, und bat um eine Wiederholung.

Das war das einzige Mal, dass ich mir mit dem Klavierspiel etwas verdient habe. Aber all die hundert Stunden, die ich als Kind übend am Instrument verbracht habe, haben sich trotzdem gelohnt. Die ganze Zeit über hatte nämlich dieses Klavier in einer Berghütte in fast dreitausend Metern Höhe gestanden, von Hubschraubern transportiert und von einem Koch gepflegt und poliert, damit ich einmal, aus der völligen Erschöpfung heraus und mitten im August, einem Fremden Tschaikowskys Juni vorspielen konnte.

*** *** ***

## 9  Das Fastenbrechen

Nach Beendigung meines Studiums unterrichtete ich einige Jahre lang in einer Jugendhilfereinrichtung, die nur von Mädchen besucht wurde. Eines der Mädchen erzählte mir, während wir ein paar Wochen nach den Sommerferien am Computer saßen und für eine Hausaufgabe recherchierten, gleichsam nebenbei folgende Geschichte:

In den Ferien war sie mit Eltern und Geschwistern nach Afghanistan geflogen, um anlässlich des Fests des Fastenbrechens den Herkunftsort der Familie und die Verwandten dort zu besuchen. Die Großfamilie war sehr wohlhabend, besaß eine Art Herrensitz und lud die Nachbarschaft aus weitem Umkreis zu einer mehrtägigen Feier ein. Das spielt für die Ereignisse hier weiters keine Rolle, aber ich habe doch als Hintergrund ein fremdartiges, weißes Palais in einer sonst öden, rötlichen Landschaft vor Augen, obwohl meine Schülerin all das nicht weiters schilderte. Als nun, wie offenbar üblich, der Friedhof besucht werden sollte, begann es heftig zu regnen. Die Gesellschaft, die zu Fuß unterwegs war, suchte bei einigen Hütten am Straßenrand Schutz. Dann entlud sich ein Unwetter, es stürmte und auf der nackten Erde bildeten sich rasch kniehohe Pfützen. Meine Schülerin stand, ein wenig abseits von ihren Verwandten, mitten in einer solchen Pfütze, als sich,

durch einen Blitz oder den Wind, eine Hochspan-
nungsleitung aus ihrer Verankerung löste, abriss
und Funken sprühend direkt neben meiner Schülerin ins Wasser fiel.

Der Stromschlag schleuderte sie mehrere Meter
in die Luft hinauf. Ihre Familie sah dies mit an, ohne
jedoch eingreifen zu können. Meine Schülerin erin-
nerte sich, in der Höhe zum Stillstand gekommen
zu sein und ganz ruhig zu dem Wasser und dem
Stromkabel darin hinuntergeblickt zu haben. Sie
verspürte keinerlei Angst. Dann fiel sie, oder es
schien ihr, als solle sie fallen, als sie sich mit einem
Mal von starken Armen gehalten fühlte. Sie sagte,
sie sei sich sicher, dass es keine Arme gewesen
seien, aber anders könne sie es nicht beschreiben.
Diese starken Arme legten sich sehr sanft um sie
und geleiteten ihren Sturz, der gar kein Sturz war,
sondern ein unfasslich langsames Schweben. Statt
im Schlamm aufzuschlagen, fühlte sie sich sachte zu
Boden geführt. Unten angekommen, legten die
Arme sie liebevoll auf der nassen Erde ab, gerade
so wie eine Mutter ihr schlafendes Kind in eine
Wiege gibt. An den Schläfen spürte sie, wie ihr Gesicht zwischen Hände genommen wurde, die keine
Hände waren und die nun ihren Kopf langsam, mit
unendlicher Behutsamkeit auf einen Stein betteten,
bevor sie ihr noch einmal über die Stirn oder das
Haar strichen.

Meine Schülerin sagte, sie habe dann unmittelbar
und völlig unversehrt aufstehen können, während

die Umstehenden rufend auf sie zugeeilt seien. Später habe man ihr erzählt, dass niemand etwas anderes bezeugen könne als einen Knall, einen Sturz und ein Wunder, das alles in allem in nur einer einzigen Sekunde geschehen sei.

*** *** ***

## 10  An der Grenze

Als Jugendliche war ich Mitglied eines sozialistischen Jugendverbandes in Westdeutschland. Ich erwähne das nicht oft und immer mit dem unbehaglichen Wunsch, mich herausreden zu können. Weil das Unrecht im Westen doch nicht aus der Welt war wegen des anderen, größeren hinter der Mauer; weil wir nicht in allem irrten und das eigene Land seither nicht gut geworden ist. Tatsächlich froh bin ich, bei Ostermärschen und Protesten gegen die Startbahn West dabei gewesen zu sein. Das Unbehagen tief in meinem Innern bleibt jedoch. Ich weiß, warum.

Die folgende Geschichte ist eine von den unglaubwürdigen Erinnerungen. Sie kommt mit einer traumhaften Eindringlichkeit daher. Aber ich bin sicher, sie tatsächlich erlebt zu haben:

Mein westlicher Jugendverband pflegte eine enge Partnerschaft mit der FDJ. Im Rahmen von Urlauben oder Delegationen waren wir häufig in der DDR. Eine dieser Reisen fand in den Herbstferien statt. Aus irgendwelchen Gründen konnte ich erst einen Tag nach Beginn der Delegation abreisen und überquerte die Grenze daher als Einzelperson. Und nun kommt das Unglaubwürdige: Ich hatte, jedenfalls erinnere ich mich so, kein gültiges Ausweisdokument, sondern nur einen abgelaufenen

Personalausweis, der zudem einmal in der Waschmaschine gelandet und deshalb beschädigt war. Meine Legitimation war ein handgeschriebener Zettel, auf dem ein Name und die Telefonnummer der FDJ-Leitung in Eisenach oder Weimar stand. Wohin genau ich fahren sollte, weiß ich nicht mehr, meist waren wir nach Thüringen eingeladen, vermutlich also auch in diesem Oktober.

Der Zug hielt bei Bebra an und die Kontrollen begannen.

Damals gingen keine freundlichen Reisebegleiter, sondern uniformierte Polizisten wie Soldaten durch die Züge. Auf den Bahnsteigen standen bewaffnete Posten. Man darf nicht vergessen, dass die innerdeutsche Grenze die Großmächte des Kalten Krieges trennte. Man hatte harsch gestellte Fragen nach Tonträgern, Büchern und sonstigem Material zu beantworten (den genauen Wortlaut weiß ich nicht mehr, den sächsischen Kommandoton habe ich allerdings noch im Ohr). Außerdem musste man Zieladresse und Reisegrund vorweisen, den Zwangsumtausch von zehn Mark pro Tag vornehmen, auf Befehl Koffer und Taschen öffnen und natürlich einen Ausweis bereithalten.

Ich hatte jedoch weder ausreichend Geld dabei noch einen Ausweis.

Mit nichts als einer Telefonnummer saß ich in einem vollbesetzten Abteil und wartete seltsam vertrauensvoll, während die Polizisten auf dem Gang allmählich näherkamen.

Mir gegenüber saß ein alter Mann, er ist mir deutlich wie eine Fotografie. Er war grau, saß im geschlossenen Mantel da, hielt mit beiden Händen einen kleinen Lederkoffer auf den Knien fest und hatte den Kopf gesenkt wie ein Mensch, der sich wappnet. Er zitterte. Er war mir unheimlich. Seine Kleidung war verwahrlost und wie aus der Vergangenheit. Ich trug Jeans und eine aus Baumwolle gewebte Umhängetasche mit Fransen und indianischem Muster. Ich kam aus einer anderen Welt.

Schließlich öffnete sich die Abteiltür, die üblichen Fragen wurden heruntergeleiert, ich zückte meinen Zettel wie die Eintrittskarte für ein Kino. Vor mir war jedoch der alte Mann an der Reihe. Er bebte mittlerweile so sehr, dass die Papiere in seinen Fingern flogen. Ich fand das merkwürdig. Damals fragte ich mich, woher seine Angst wohl komme, ob er Übles im Sinne habe, ob er vielleicht etwas hineinschmuggeln wolle. Ich konnte mir nichts erklären. Gefährlich waren doch Aus-, nicht aber Einreisen, soviel meinte ich verstanden zu haben. Heute weiß ich, er zitterte nicht, weil er sich fürchtete, er zitterte vor Zorn. Auch der Polizist bemerkte dieses Zittern. Er ließ den Alten den Koffer öffnen, den Inhalt entblößen, er zählte und beanstandete das Geld, und so ging es weiter. Während der Grenzer alle Macht hatte, musste der Alte sich demutvoll ducken, auch wenn sich alles in ihm empörte. Die ganze Situation war, ohne dass mit Fäusten geschlagen oder mit Waffen gedroht wurde, gewalttätig auf eine Weise, die ich nicht in Worte fassen kann. Für den alten Mann ging es um nicht weniger als Leben und Tod, besser kann ich es nicht sagen.

Mein Grenzübertritt fand danach übrigens in meiner so ganz anderen Welt und völlig unproblematisch statt. Ich war froh und sogar stolz, als wäre die unschöne Szene vorher dem irgendwie ja doch verdächtigen alten Mann und der glatte Ablauf danach meinem Wohlverhalten geschuldet. Vielleicht aber sollte ich einer Vierzehnjährigen nicht vorwerfen, dass sie in dieser Situation Erleichterung verspürte. Jedenfalls überreichte ich dem Grenzer statt eines Ausweises meinen Zettel und bat ihn, bei der FDJ anzurufen. Ich glaube heute, dass der alte Mann mich dabei ansah, aber ich wüsste nicht zu sagen, mit welchem Ausdruck. Vielleicht bilde ich es mir in der Erinnerung auch nur ein. Der Grenzer befahl mir dann sehr schnell, ich solle auf dem Gang vor dem Abteil warten. Dort stand ich dann und sah ihm nach. Er ging übrigens tatsächlich, auch das scheint mir heute ganz unglaubwürdig, in eine Baracke oder ein sonstiges flaches Gebäude am Bahnsteig, um dort zu telefonieren. Ich durfte dann, ebenso wie der alte Mann im Mantel, einreisen.

Von diesem Moment an wird meine Erinnerung dann unscharf. Unzweifelhaft gab es in den folgenden Tagen Besuche in polytechnischen Oberschulen und Betrieben, Gesprächsrunden und sonstige Veranstaltungen, wie es bei solchen Delegationen nun einmal üblich war.

Nur der Grenzübertritt ist mir in dieser traumhaften Deutlichkeit in Erinnerung geblieben. Vielleicht, weil er einer der hellen Momente gewesen ist, die selten geschehen, und in denen wir aufgefordert sind, ich weiß nicht, zu was. Sicher aber bin ich, dass ich damals etwas hätte begreifen können, dass ich vielleicht sogar etwas hätte begreifen sollen, und dass ich es dennoch nicht tat.

\*\*\* \*\*\* \*\*\*

## 11  Der neunte November

Große historische Ereignisse sind selten. Wenn überhaupt, habe ich ein einziges erlebt: Den Fall der Berliner Mauer. Die Bedeutung dieses Ereignisses wird häufig darin gesehen, dass es den Untergang des Kommunismus oder das Ende des Kalten Krieges einläutete. Seine tiefe Bedeutung liegt jedoch darin, dass am 9. November 1989 an der innerdeutschen Grenze nicht ein einziger Schuss gefallen ist. Niemals, niemals dürfen wir das vergessen.

Der Tag selbst hatte natürlich eine Vorgeschichte: Die Perestroika in der Sowjetunion, die Montagsdemonstrationen, die Öffnung der ungarisch-österreichischen Grenze, die große Demonstration auf dem Alexanderplatz. All das aber bereitete niemanden auf das vor, was am neunten November geschah: Ein nicht abgestimmter Passus in einer – ob gewollt oder versehentlich – ungeordneten Presseerklärung setzte die schärfste in der Menschheitsgeschichte jemals gezogene Grenze innerhalb weniger Stunden außer Kraft.

Und dies ist das Bedeutungsvolle: Tausende drängten am Grenzübergang Bornholmer Straße gegen den Schlagbaum. Noch immer standen dort Grenzsoldaten. Die Lage war völlig unklar. Keiner wusste, ob die Öffnung der Grenze ein Gerücht, ein Missverständnis oder etwas Gültiges war. Ein

Vierteljahrhundert lang war an dieser Grenze geschossen worden. Es gab diese Befehle immer noch. Dennoch wurden jetzt die Tore geöffnet, als wäre das eine Selbstverständlichkeit. In derselben Nacht wurden zehntausende Soldaten in erhöhte Gefechtsbereitschaft versetzt. Aber nichts geschah. Keine Panzer rollten, keine Truppen wurden auf Lastkraftwagen verladen, kein Soldat schulterte ein Gewehr, kein Schuss fiel. Es gab Befehle. Und dennoch wurde das Richtige getan.

Zuweilen, wenn wir untereinander sprechen und düster auf die Menschheit blicken, die sich so schwer tut mit dem Guten, erinnere ich an den Fall der Berliner Mauer. Gewiss, sage ich dann, ist uns Menschen nicht alles möglich, aber vieles doch.

Manchmal. Immerhin.

\*\*\*  \*\*\*  \*\*\*

## 12  Das Feuerwerk

Einmal verbrachte ich den Jahreswechsel in einer S-Bahn, ich weiß nicht mehr, wann das war und wohin ich fuhr. Es war jedenfalls kurz vor Mitternacht, als die Bahn, vom Frankfurter Hauptbahnhof kommend, in schwindeliger Schräglage zur Galluswarte hinauffuhr. Von dort aus wird die Trasse als Hochbahn geführt, und man hat stellenweise einen spektakulären Blick auf die Türme des Bankenviertels.

An Silvester kann man kaum eine bessere Aussicht finden, dachte sich wohl auch der S-Bahn-Fahrer.

Er hielt jedenfalls auf freier Strecke an und machte eine Durchsage, in der er uns allen ein gutes Neues Jahr wünschte, wir sollten doch mal nach rechts schauen, da gäbe es gleich etwas zu sehen. Es wurde applaudiert, die Uhr schlug zwölf und dann saßen und standen wir einmütig in der schrägen Bahn und bewunderten das Feuerwerk.

Merkwürdig ist nicht, dass ein Frankfurter S-Bahn-Fahrer so aus dem Fahrplan tanzte.

Merkwürdig ist, dass ich mich an die Begebenheit erinnern kann, nicht aber an das Feuerwerk selbst. Vielleicht hat es in dieser Nacht gar nicht stattgefunden, dessen sicher sein kann ich nicht. Genauso wenig wie all der flüchtigen, bunten, einmaligen Gedanken, die mir durch den Kopf gegangen sein müssen, während ich schaute, und die vergessen sind und verstoben wie Rauch.

\*\*\*   \*\*\*   \*\*\*

Am 6. November 1854 strandete die Dreimastbark *Johanne* auf ihrer Jungfernfahrt von Bremen nach New York vor der Insel Spiekeroog und sank. Von den 216 an Bord befindlichen Auswanderern kamen 77 ums Leben.

Das Unglück war einer der Auslöser für die Einrichtung von Seenotrettungsstationen an der deutschen Küste und führte schließlich zur Gründung der Deutschen Gesellschaft zur Rettung Schiffbrüchiger.

Die Schiffsglocke der Johanne wird im Inselmuseum auf Spiekeroog verwahrt.

\*\*\*　\*\*\*　\*\*\*

# Inhalt